Série noire à l'abattoir

Du même auteur au Verger Éditeur :
La métamorphose d'Edgar Herlimann, roman, 2011
Là-haut le Paradis, roman, 2010.

Du même auteur chez d'autres éditeurs :
Devant la porte d'ombre, Bernard de Fallois, 2007
Les enfants de Faust, Autrement, 1994
Arthur, mein Freund, Bouvier Verlag, 1993
Das Faust-Syndrom, Bouvier Verlag, 1993

Bernard Nuss

Série noire à l'abattoir

roman policier

Collection

Les enquêtes rhénanes

En hommage à
Raymond Chandler,
Dashiell Hammet
James Ellroy et
tous les autres.

1

Je sais depuis longtemps que les sorcières n'existent pas, surtout dans une ville comme Strasbourg. C'est-à-dire que je croyais le savoir. Depuis une semaine, je n'en suis plus tellement sûr...

Un vendredi soir vers cinq heures j'étais en train de me couper les ongles des orteils, les pieds commodément posés sur le plateau de mon bureau. Mon club, le Sporting Robertsau, jouait le lendemain contre l'équipe de Hoenheim. Nous occupions la première place au classement, les gens de Hoenheim la deuxième, et nous voulions leur prouver lors de ce dernier tour des matches aller qu'ils n'avaient aucune chance de nous déloger. Je déteste jouer au foot avec des ongles trop longs et mal soignés – d'où ma séance de pédicure pour laquelle j'avais pris un bain de pieds dans la cuvette du lavabo.

Je m'adonnais donc à cette occupation, satisfait du cours des choses en général et de moi en particulier. J'avais terminé l'affaire Reval et encaissé des honoraires juteux. Pour me récompenser, j'avais décidé de prendre quelques jours de repos et de me consacrer un peu plus au foot. Mon compte en banque était en ce moment bien garni et je ne voyais donc aucune raison de m'occuper, par exemple, de filatures fastidieuses dans des affaires de divorce.

J'ai froncé les sourcils en entendant la sonnette. Quelques minutes plus tard, Manni est entrée, l'air furieux. Manni est ma secrétaire et aussi ma compagne de jeu attitrée au plumard. Elle est jolie, avec un visage effronté et un corps auquel même le plus saint des saints ne résisterait pas. Avec cela elle est intelligente, dégourdie et pleine de bon sens.

— Quelle sale vache, dit-elle à voix basse, venir nous déranger un vendredi soir juste avant la fermeture – que le diable l'emporte ! Elle a du reste l'air d'avoir déjà une liaison directe avec celui-là... Bon, cette madame Erna Federlé veut te parler personnellement et tout de suite. Alors, qu'est-ce-que que je fais, je la laisse entrer ou je la fous à la porte ?

— J'ai décidé d'être aujourd'hui de bonne humeur, alors qu'elle entre ! Mais attends une minute que j'aie fini de cajoler mes arpions.

J'ai terminé tranquillement les deux orteils qui restaient, jeté les rognures d'ongles par la fenêtre et décidé d'attendre pour me laver les mains – on ne sait jamais à qui on a affaire. Puis j'ai pris le téléphone et dit de ma voix la plus suave : « Mademoiselle Gastonet, faites entrer madame Federlé, je vous prie. »

En entrant, Manni m'a fait un clin d'œil. Elle observe toujours attentivement les nouveaux clients qui attendent dans son bureau. Cligner de l'œil gauche comme elle vient de le faire signifie « Attention, fais gaffe, quelque chose ne colle pas ! ».

J'étais un peu étonné, car la femme assise maintenant en face de moi était plutôt quelconque. Elle devait avoir soixante-dix ans, était habillée à peu près aussi mal qu'un épouvantail dont elle avait d'ailleurs l'allure. En la regardant plus attentivement, j'ai tout à coup compris pourquoi Manni avait cligné de l'œil gauche. C'était ses mains, des mains longues, minces, osseuses comme celles d'un squelette, avec des ongles recourbés comme des griffes. Et puis naturellement son visage : une vieille peau ridée et parcheminée avec plein de verrues, un nez pointu, un menton pointu et même des oreilles pointues émergeant entre des mèches sales. Au milieu de tout cela des yeux noirs dépourvus de cils qui brillaient étrangement comme ceux des automates dans les foires. Ces yeux me fixaient tellement intensément que mon col commençait à me serrer. J'ai dégluti plusieurs fois avant de pouvoir enfin parler.

— Alors, madame Federlé, que puis-je faire pour vous ?

— Vous êtes Nicolas Talberg, dit-elle avec une voix de crécelle fort désagréable.

— Oui, naturellement...

— Vous êtes détective privé...

— J'ai comme l'impression que c'est marqué sur la plaque à côté de la porte d'entrée de l'immeuble !

— Vous avez trente-huit ans, vous êtes célibataire et votre casier judiciaire est encore vierge. Vous aimez jouer au foot. Votre père est psychiatre, votre mère était chanteuse d'opéra jusqu'à son mariage. Vous avez fait des études de droit à Lyon, vous vouliez vous inscrire au barreau, mais ça n'a pas marché, parce que le bâtonnier vous a surpris avec sa femme dans le lit conjugal. Vous avez alors fait le concours pour devenir officier de police. Vous étiez déjà commissaire quand vous avez été accusé à tort par un collègue jaloux de couvrir un dealer. Vous avez rossé le collègue et démissionné dans la foulée. Après un intermède dans une société d'assurances, vous êtes revenu dans votre ville natale pour ouvrir ce cabinet d'investigation qui, grâce à votre intelligence, votre savoir-faire, votre culot est devenu un des meilleurs de Strasbourg...

Je commençais à sentir la moutarde me monter au nez.

— Dites donc, madame, est-ce que vous êtes venue chez moi pour me raconter mon propre curriculum vitae ou pour demander mon aide ? Si tel est le cas, je vous demande de bien vouloir payer un acompte de mille cinq cents euros. En plus...

— Laissez-moi s'il vous plaît terminer, jeune homme !

Maintenant il y en avait assez ! J'étais sur le point de me mettre sérieusement en colère, quand elle posa la question suivante :

— Êtes-vous prêt à croire que je suis une sorcière ?

Ma bouche déjà largement ouverte s'ouvrit davantage encore et je me mis à crier tout fort.

— Vous vous foutez de moi ? Sortez d'ici et vite !

Mon index fracturé lors d'un combat de boxe et de ce fait passablement tordu était pointé vers la porte. Elle regarda ma main avec beaucoup d'intérêt.

— C'était il y a quinze ans lors d'un combat contre un certain Max Rivain. Au deuxième round vous avez senti une douleur fulgurante en tapant contre son crâne. Votre doigt était cassé à trois endroits et depuis vous êtes obligé d'actionner la détente de votre pistolet avec le majeur.

Ma stupéfaction devait se voir sur mon visage. Elle en profita pour continuer.

— À l'âge de quatre ans vous vouliez vous emparer du rasoir de votre père en grimpant sur un tabouret. Vous êtes tombé sur le bord du lavabo et la cicatrice sur votre front en témoigne encore. Au lycée, vous étiez amoureux de votre prof de latin. Vous lui avez écrit une lettre d'amour que vous n'avez cependant pas osé lui envoyer. Pendant plus d'un an vous l'avez portée sur vous, collée avec un sparadrap sur la poitrine. Quand la prof s'est mariée, vous étiez tellement en colère que vous avez mangé cette lettre dans un sandwich. À vingt ans vous aviez un ami qui s'appelait Henri. Une nuit après une beuverie, vous avez parié avec lui qu'il n'arriverait pas à traverser le pont du Corbeau en équilibre sur la balustrade. Il avait presque réussi quand, pour gagner le pari, vous l'avez effrayé en criant « Hou ». Il a effectivement perdu l'équilibre, malheureusement il a sauté du mauvais côté et s'est noyé dans l'Ill. Le lendemain vous vouliez vous pendre dans votre chambre, mais la corde s'est cassée. Actuellement encore, il vous arrive d'avoir des cauchemars dans lesquels vous voyez Henri se balancer sur la balustrade...

Je sentis l'angoisse me gagner. Les autres événements elle avait pu les apprendre d'une façon ou d'une autre. Mais l'histoire d'Henri, il n'y avait vraiment que moi à la connaître.

— Je sais tout sur vous, par exemple quand vous avez fumé votre première cigarette ou quand vous avez couché pour la dernière fois avec votre secrétaire. C'était du reste il y a plus d'une semaine. Un peu long, vous ne trouvez pas ?

— Vous savez aussi sûrement que vous commencez sérieusement à me taper sur les nerfs, lui ai-je dit alors.

— Est-ce que vous croyez que je suis une sorcière ?

— Il n'y a pas de sorcière, nom de Dieu ! Allez au diable avec vos tours de passe-passe !

— Levez-vous !

— Quoi ?

— Levez-vous, je vous dis !

La mesure était pleine. J'ai décidé de vraiment me lever pour ficher cette personne à la porte. Je me suis penché en avant pour prendre mon élan... et suis resté assis ! Je voulais me lever... et j'étais collé à mon siège comme si j'avais le derrière plein de Uhu. Lève-toi, Nico, lève-toi ! Mon corps parfaitement entraîné – 1 mètre 88 et 90 kilos – restait désespérément là où il était. Tous mes muscles me faisaient mal, tellement je faisais d'efforts pour me lever...

— Alors, je vous ai enfin convaincu ? dit la voix de crécelle. Bon, maintenant vous avez le droit de vous lever.

Tout à coup mes muscles tendus m'ont obéi à nouveau et j'ai été projeté tellement violemment hors de mon fauteuil, que je me suis cogné les deux genoux contre le bord du bureau.

— Ne jurez pas tellement, espèce de mécréant, gloussa-t-elle.

— Les sorcières n'existent pas, les sorcières n'existent pas !

Tout en continuant de glousser, elle ramassa quelque chose de minuscule sur le plateau du bureau et l'examina attentivement.

— Cela provient du petit orteil du pied droit, dit-elle en rangeant soigneusement la rognure dans une petite boîte argentée. Demain, je vais vous faire une petite surprise pour vous convaincre enfin.

J'étais mal en point. Je n'avais rien bu et suis d'un naturel peu influençable. Mon père dit toujours : « Si tout le monde était comme toi, je pourrais fermer mon cabinet. » Je n'ai jamais eu d'hallucinations de ma vie. Donc tout cela était vrai !

— Dites-moi un peu, si vous êtes vraiment une sorcière, si vous savez tout et pouvez tout faire, pourquoi venez-vous chez moi ?

— Parce que j'ai beaucoup d'estime pour les gens comme vous, a-t-elle dit en gloussant encore plus fort. Avec vous, on est sûr d'en avoir pour son argent ! À ce propos…

Elle s'est mise à fouiller dans son énorme sac, en a sorti d'abord une patte de lapin, puis un hibou empaillé, puis une boule de cristal, puis quelque chose qui ressemblait à un étron séché, avant de tomber enfin sur son porte-monnaie. Elle a pris trois billets de cinq cents euros et les a posés sur la table.

— Voici l'acompte, désormais je suis officiellement votre cliente. J'ai été contente de vous connaître, à bientôt !

Elle ramassa ses affaires et disparut. Dix secondes après, Manni est arrivée en tenant un billet de cent euros à la main.

— Au fond, elle n'est pas si mal, la vielle ! Elle m'a laissé ça pour l'heure supplémentaire… Mais dis-donc, Nico, qu'est-ce qui t'arrive ? Tu as l'air d'avoir avalé un plat d'araignées…

Je me suis levé, lentement, précautionneusement, et j'ai pincé tout fort le bras de Manni.

— Aouh ! Mais qu'est-ce que tu fais là ?

— Je voulais m'assurer que j'étais encore en vie… Viens, on rentre chez toi, on peut passer la nuit ensemble si tu es d'accord. La dernière fois, c'était il y a plus d'une semaine, je crois. On devrait le faire beaucoup plus souvent…

— C'est aussi mon avis, a dit Manni.

2

On le fit deux fois. Je me préparais déjà pour le troisième round quand Manni remonta la couverture jusqu'au menton.

— Nico, pense que tu as un match demain après-midi. Tu sais que je ne fatigue pas rapidement, mais il faut s'arrêter maintenant. Si tu perdais demain, tu m'en rendrais responsable !

Manni avait raison, comme toujours. Nous nous sommes donc installés confortablement dans son grand lit et je lui ai raconté en détail mon entrevue avec Erna Federlé.

— Est-ce que tu avais bu ? demanda-t-elle.

— Pas une goutte. À moins que tu m'aies mis du rhum dans mon thé, mais ça, je l'aurais quand même remarqué.

— Est-ce que tu ne t'es pas senti bien ces derniers temps ? Tu avais mal à la tête ou des angoisses, ou des vertiges ?

— Mais arrête donc. Je suis en parfaite santé. Je ne suis pas fou, simplement je n'ai pas d'explication rationnelle pour ce qui est arrivé…

— Peut-être de la télépathie ou de la transmission de pensée ?

— Mais c'est de la foutaise !

Je n'ai dit cela que pour me consoler moi-même. Depuis des décennies je me sens bien en sécurité derrière le rempart de la raison et de la logique et puis tout à coup, un vendredi après-midi à cinq heures, tout cela s'écroule. J'étais parti pour ruminer longtemps ces idées sombres. Sentant que j'avais besoin de diversion, Manni repoussa la couverture.

Manni m'a réveillé à onze heures pour le déjeuner habituel d'avant match. J'avais bien dormi, il ne faisait pas trop froid dehors, dans les D.N.A. il n'y avait rien de particulier. Une journée normale, quoi. À une heure et demie on est partis pour le stade situé derrière la clinique Sainte-Anne. Il y avait foule dans les rues de la Robertsau en cet avant-dernier samedi avant Noël, de sorte qu'on est arrivés tout juste à l'heure. Pour un club de quartier, on a un stade bien coquet avec une tribune où s'entassent d'habitude une bonne centaine de supporters. Le terrain avait été bien déblayé et paraissait parfaitement jouable. Dans les vestiaires, j'ai ma place entre Jean Libs et Angelo Pedroni, mes meilleurs amis depuis l'enfance. Jean est boulanger et Angelo, comme tout bon Corse qui se respecte, est commissaire de police.

Jean me donna une claque sur l'épaule en demandant : « Quoi de neuf ? », « Tout est calme en ce moment », ai-je répondu. Avant le match, on est toujours un peu nerveux et on ne dit que des banalités. Angelo avait un problème avec son protège-tibia et s'est mis à jurer. Charlot, l'entraîneur, avait perdu ses notes et jurait également. Finalement, on est sortis tous les onze de la cabine en jurant comme des charretiers.

— Maintenant les gars je compte sur vous, cria Charlot en posant son gros derrière sur le banc des réservistes.

Et le jeu commença. Je m'en souviendrai jusqu'à la fin de mes jours. Je vois les ricanements des supporters de Hoenheim, je les entends scander : « Talberg, la cloche, Talberg, la cloche, Talberg, la cloche !!! » Ce qui me faisait le plus mal, c'est que leurs quolibets englobaient également mes copains pourtant pas responsables de notre débâcle : « Aux chiottes les maraîchers ! », « Les joueurs du Sporting, tous des enculés ! », « Hoenheim nique la Robertsau ! »

Le début n'était même pas mauvais. Notre attaque s'est montrée entreprenante, j'ai stoppé la plupart des percées adverses et réussi quelques passes géniales. Bref, après trente minutes nous menions 2 à 0. Puis, subitement, je sentis une douleur aiguë au petit doigt du pied droit. C'était juste au moment où je voulais envoyer la balle loin en avant vers notre ailier gauche qui avait déjà démarré à toute vitesse. Je me trouvais tout seul à vingt mètres devant notre but et pouvais ajuster tranquillement mon tir. Mais au lieu de toucher le ballon de plein fouet, je lui appliquai une pichenette qui le fit atterrir cinq mètres plus loin dans les pieds d'un attaquant adverse. Celui-ci n'eut aucune peine à tromper notre gardien.

Il n'y a eu que quelques sifflets sur les tribunes, car les gens étaient généreux et se disaient qu'il peut arriver à chacun de commettre une faute.

Mais à partir de cet instant ce fut l'enfer. La douleur devenait insupportable et pourtant j'avais l'impression de ne pas avoir de fracture. Et tout à coup, je me suis rappelé la visite que j'avais eue la veille et j'entendis à nouveau la voix de crécelle dire en ramassant une rognure d'ongle : «... Petit orteil du pied droit, demain je vais vous faire une surprise pour vous convaincre enfin... » C'en fut fini de moi et je ne me déplaçai plus que comme un zombie. À la mi-temps, le score était de 2 à 2.

— J'ai une douleur atroce dans le pied, dis-je dans la cabine.

Charlot et le soigneur examinèrent attentivement l'objet.

— Ne me raconte pas de conneries, dit Charlot plein de colère, ton orteil n'a rien du tout ! Tu as encore fait la foire, cette nuit ?

— Charlot, je te jure...

— Ferme-la, espèce d'enfoiré, sale menteur ! Si tu ne joues pas correctement durant la deuxième mi-temps, tu passeras le restant de tes jours sur le banc des réservistes.

Que pouvais-je faire ? Dire à Charlot qu'une sorcière m'avait jeté un sort ? Il aurait tout de suite appelé une ambulance pour m'emmener en psychiatrie. J'ai donc continué à jouer. Après cinq minutes déjà Hoenheim menait 3 à 2 et marquait encore un but quelques minutes plus tard. « Espèce de vendu ! », criaient les spectateurs et chaque fois que je m'approchais de la tribune ils lançaient des canettes de bière sur moi. Dans mon désespoir, j'essayais même de faire des croche-pieds à mes adversaires ou de carrément les bousculer. Peine perdue : ils évitaient toutes mes manœuvres et me laissaient sur place comme un vieillard. Mes co-équipiers m'insultaient ouvertement et seuls Jean et Angelo semblaient avoir un peu de pitié pour moi. Enfin, Charlot en eut définitivement assez et me fit sortir du jeu en proférant les pires injures. À peine étais-je arrivé dans le vestiaire que la douleur cessa. Effondré sur le banc, je me suis mis à sangloter.

Mes camarades ne daignaient même pas me regarder après la fin de la partie. Je compris pourquoi en regardant le bulletin du match de l'arbitre : nous avions perdu 7 à 2.

Des flics m'ont protégé quand je suis allé à la douche. Charlot m'attendait en effet devant la porte : il avait les yeux injectés de sang, grinçait des dents et tenait une batte de base-ball à la main. Plus tard, il y a eu une bagarre entre les joueurs des deux camps à laquelle se sont aussi mêlés des spectateurs. Il y a eu plusieurs blessés et des interpellations. Mais à ce moment-là, Libs, Angelo, Manni et moi avions déjà discrètement quitté les lieux.

Que fait un homme quand il est obligé de souffrir moralement autant que moi ? Il va noyer son chagrin dans l'alcool. Nous avons donc déposé Manni devant sa maison et entrepris à trois une tournée des bistrots à travers toute la ville. Quand à quatre heures du matin je me suis étalé de tout mon long en sortant d'un bar dans la Grand'Rue, Jean et Angelo m'ont ramené chez moi, déshabillé et couché. J'ai alors recommencé à pleurer, mais cette fois d'attendrissement. « Vous êtes mes meilleurs amis ! » ai-je dit en essayant de les embrasser. Puis j'ai sombré.

J'ai passé la plus grande partie du dimanche à dormir et à me sentir mal. Vers huit heures du soir Angelo a appelé pour prendre de mes nouvelles. Je l'ai invité à venir chez moi avec quelques copains pour faire une partie de poker. « Non, ce n'est malheureusement pas possible », a-t-il dit. « Il y a eu en fin d'après-midi une attaque à main armée dans les locaux d'une espèce de secte. Le butin est maigre, deux mille euros environ, mais il y a eu un mort. Ma soirée est fichue, putain de métier, mais tu sais ce que c'est. Allez, je te rappellerai demain. Et ne prends pas la défaite d'hier trop au tragique… »

Avec une compresse froide sur le front, j'ai marché en long et en large en essayant de retrouver mon équilibre intérieur. Peu après vingt-deux heures le téléphone sonna.

— Bonsoir ma chérie, ai-je dit en croyant que c'était Manni.

— Je ne suis pas votre chérie, a dit une voix de crécelle.

Je l'ai injuriée dans les termes les plus vulgaires pendant au moins cinq minutes. Après j'ai été obligé de souffler et elle en a profité pour reprendre la parole.

— Je suis désolée de vous avoir gâché le week-end et je vous demande pardon. Vous êtes content maintenant ?

— Non ! ai-je crié, je n'en ai pas encore fini avec vous.

— Cessez ces enfantillages et écoutez ce que j'ai à vous dire ! Après tout, je suis votre cliente et je n'ai pas du tout l'habitude de jeter l'argent par les fenêtres. Votre ami Angelo Pedroni vous a déjà parlé de l'attaque contre la secte au cours de laquelle un homme a été tué. Il s'agit d'un certain Thaddée Misowski. Je m'intéresse à cette affaire et je souhaite que vous trouviez le coupable. Tant que vous travaillerez pour moi, vous aurez mille euros par jour, plus les frais. Voilà, il n'y a rien d'autre à dire, alors, au boulot et vite, vite !

Elle avait raccroché avant que j'aie pu répondre. J'étais planté là, l'écouteur à la main et l'air sans doute passablement stupide. Ma première pensée était : « Va te faire foutre ! » ; ma deuxième : « Mille euros par jour sont des honoraires qu'on ne refuse pas... » ; ma troisième : « Si je n'accepte pas son offre, elle va me maltraiter encore davantage. »

Bon, d'accord, pourquoi pas, après tout c'est un travail comme un autre... J'ai pris deux aspirines et me suis tout de suite couché.

Le lendemain à sept heures j'étais sous la douche, et une heure plus tard assis à mon bureau en train d'étudier les D.N.A. Ce que je cherchais s'étalait sur six colonnes en première page du cahier réservé aux informations locales.

Comme chaque jeudi et dimanche, les membres de l'A.E.A.C. –Association pour l'Épanouissement de l'Âme

Chrétienne – s'étaient réunis la veille à dix-huit heures à leur siège, une vieille baraque dans une arrière-cour du Neudorf. Comme toujours, ils chantaient des cantiques, lisaient la Bible, se recueillaient, bref, essayaient de rendre meilleures leurs âmes souillées par les péchés. Ils étaient une trentaine et discutaient de la valeur morale de la chasteté quand quatre hommes masqués et armés de pistolets ont fait irruption. Après une brève bousculade, les intrus ont vite rétabli le calme en distribuant quelques coups à droite et à gauche. Deux d'entre eux surveillaient l'assistance, les deux autres faisaient entrer les membres de la secte un par un dans une petite pièce attenante pour les dépouiller proprement de leur argent, cartes bancaires, montres, portables, bijoux. Aucun d'entre eux n'a été maltraité.

Puis vint le tour de Thaddée Misowski, un des membres éminents de la secte. Personne ne sut ce qui se passa alors dans cette petite pièce, mais dans le silence absolu qui régnait on a entendu, aux dires de plusieurs des membres interrogés par le journaliste, un bruit étrange, « comme quand le boucher tranche dans le vif d'un quartier de bœuf ». Les deux bandits sont ressortis peu après, l'un d'eux haussant les épaules et faisant de la main un geste désolé, comme s'il voulait s'excuser auprès des autres d'avoir commis une maladresse. Après avoir chuchoté entre eux un long moment, ils ont décampé à toute vitesse. Le résultat de ce hold-up : environ deux mille euros en liquide, plus les objets de valeur, plus le cadavre de Thaddée Misowski qui gisait dans son sang, la gorge tranchée.

Une histoire pas très passionnante donc. Une attaque qui tourne mal : des victimes mal ciblées, parce que désargentées, un butin des plus maigres compte tenu des risques pris, un pauvre type qui se rebiffe quand on veut le délester de sa paie. Ou a-t-il essayé de s'enfuir ? Ce sont en tout cas ces deux hypothèses que le journal avance pour expliquer le meurtre. Moi-même je n'ai pas trouvé d'autre explication, même après avoir relu deux fois le reportage.

Manni était arrivée entre temps et je l'ai mise rapidement au courant. Elle était rassurée de me voir redevenu normal et estimait, elle aussi, que pour mille euros par jour on pouvait même travailler pour le diable.

— Je vais chez Angelo, lui ai-je dit après avoir bu le café qu'elle avait préparé.

3

Dans le couloir de la Police Judiciaire attendait une douzaine d'hommes qui comptait les mouches au plafond. J'en connaissais quelques-uns et compris qu'Angelo était en train d'interroger la fine fleur de la pègre strasbourgeoise. En clair, cela voulait dire qu'il n'avait aucune piste et que ce crime n'obéissait pas aux schémas habituels. J'entrai dans le bureau sans frapper.

Angelo avait saisi par le col de la chemise le type qui était assis devant lui sur un tabouret.

— Tu étais hier soir pendant quatre heures chez ta mère à l'hôpital ? Mais dis-donc, tu me prends pour un con ?

L'homme regardait désespérément du côté des deux autres policiers tandis qu'Angelo lui serrait de plus en plus le kiki.

— Il faut me croire, patron ! arriva-t-il à articuler. Il m'arrive de mentir, mais cette fois, je vous jure que je dis la vérité ! Vous pouvez demander aux infirmières, elles ont même parlé avec moi...

— Et naturellement tu n'as aucune idée de qui aurait pu faire ça ! Freddy-le-Recel peut-être ? Ou Antoine ? Ou Ahmed et sa bande ?

— Mais ces gars-là ne tueraient personne ! Je ne sais rien ! Si j'apprends quelque chose, je vous le dis, patron, je vous jure ! Vous et moi on s'est toujours bien entendu, n'est-ce pas, et je...

— Fous le camp, avant que j'oublie que je suis membre de la SPA !

L'homme disparut en un éclair.

— Tu contrôleras quand même son alibi, a dit Angelo à Bercant, son assistant, on ne sait jamais. Et maintenant on fait une pause...

Angelo se tourna vers moi.

— Qu'est-ce qui t'amène ici à cette heure ?

Je lui ai alors raconté qu'un client m'avait chargé d'enquêter sur ce meurtre. Il sembla en être content, car il aimait travailler avec moi et pensa sans doute que notre collaboration apporterait plus rapidement des résultats.

— Qu'est-ce que tu veux savoir ? me demanda-t-il.

— Tout d'abord, qu'est-ce que c'est que cette association qui s'occupe de façon aussi touchante de l'épanouissement de nos âmes ?

— C'est une de ces sectes qui par les temps qui courent pullulent partout dans le pays. Je les ai interrogés hier soir, ce sont des gens tout à fait quelconques, d'une banalité et d'une insignifiance affligeantes, si tu vois ce que je veux dire. Ils sont tous plus ou moins fêlés du cafeton, il y a des aigris, des refoulés, des déçus de la vie, des pas très futés. Ce sont pour la plupart de petits employés, quelques artisans, des chômeurs de longue durée, des retraités. Ils se rencontrent deux fois par semaine, discutent de choses confuses, prient et chantent ensemble. Pour la plupart d'entre eux c'est sans doute un moyen d'oublier pendant quelques heures leurs existences tristes et inutiles. Leur association existe depuis trois ans, elle est normalement enregistrée et n'est pas défavorablement connue.

— Et ce Misowsky ?

— Celui-ci est un peu différent des autres, en ce sens qu'il gagne sa vie en traînant sur les champs de courses à Paris et dans les locaux du P.M.U. à Strasbourg !

— Et cela est compatible avec l'épanouissement de son âme chrétienne ?

— Je n'en sais fichtre rien ! J'ai demandé aux collègues qui s'occupent des jeux de me donner des informations sur lui. Mais, honnêtement, je n'ai pas l'impression qu'il y ait un lien avec ce meurtre...

Pour en être sûr, il fallait mettre la main sur la bande qui avait fait ce hold-up. Et le brave Angelo ne semblait pas avoir fait beaucoup de progrès dans son enquête. Bon, il a ses méthodes, moi j'ai les miennes. Je lui ai promis de repasser plus tard.

— Le prochain ! cria Angelo quand je sortis de son bureau.

Le type qu'on était en train de faire entrer avait l'air d'avoir tué père et mère. Je le connaissais bien : c'était un grand spécialiste du vol par effraction, mais il était totalement incapable de faire du mal à une mouche. En passant à côté de moi, il me lança joyeusement :

— Salut Nico ! Tu es aussi sur cette affaire ? Eh bien, je te souhaite bonne chance !

Puis il ajouta à voix basse :

— C'est peine perdue, Nico. Aucun d'entre nous n'est mêlé à cela, et personne ne sait quelque chose, parole d'honneur !

Moi par contre, je savais quelque chose, à savoir qu'une certaine Erna Federlé, sorcière de profession, s'intéressait à Thaddée Misowski. J'ai tout de suite appelé Manni.

— Est-ce que par hasard notre nouvelle cliente a indiqué son adresse sur le formulaire que tu lui as fait remplir...

— Attends un instant... Oui, elle habite au 8, rue de la Grenade à Vendenheim... Mais elle n'a pas laissé de numéro de téléphone.

— Merci Manni, à bientôt !

C'est bizarre, dans les contes que je lisais quand j'étais gosse, les sorcières n'habitaient pas à Vendenheim comme n'importe quel employé de banque. Les temps ont apparemment changé...

La rue de la Grenade est située derrière le cimetière. C'est un quartier petit-bourgeois avec de petites maisons, de petits jardins, de petites voitures, gris, quelconque, sans points de repère, étriqué, suintant l'ennui, où habitent monsieur et madame Tout-le-monde pour lesquels le coït bimensuel du samedi soir tient lieu d'événement festif. La maison d'Erna Federlé était plus insignifiante encore que les autres : un jardin mal soigné, grand comme un mouchoir de poche, une façade lépreuse avec au milieu une porte d'entrée peinte au Ripolin rouge, et de chaque côté des fenêtres dont les volets fermés semblaient sur le point de se détacher des gonds. Les vitres du premier étage étaient recouvertes d'une couche de peinture noire, la gouttière pendait à plusieurs endroits et sur le toit il manquait une bonne partie des tuiles.

J'ai garé ma voiture un peu plus loin pour digérer tranquillement mon étonnement et ma perplexité : comment une vieille femme habitant une épave pareille pouvait-elle payer plus de mille euros par jour à un détective privé ? Et même en admettant qu'elle ait quelques économies, pourquoi les dilapider ainsi dans le seul but d'élucider une affaire crapuleuse que la police finirait bien par éclaircir ?

Normalement, j'aurais à ce moment tout simplement dû sonner chez elle. Mais, je l'avoue honnêtement, j'avais les jetons. J'ai donc décidé de faire un petit tour à pied et d'interroger les gens du quartier – boulanger, boucher, mercière, buraliste etc. Presque tous connaissaient Erna Federlé qui habitait ici depuis plus de trente ans. « Elle fait des sortes de tours de passe-passe. », disaient les uns. « C'est une vraie sorcière ! », prétendaient les autres en faisant le signe de la croix. À plusieurs reprises, il avait déjà fallu appeler les pompiers, parce qu'il y a eu des débuts d'incendie dans l'antre où elle fabrique ses onguents, potions magiques, amulettes, élixirs d'amour. J'ai discuté avec un homme qui jurait qu'elle l'avait délivré de ses rhumatismes. Dans la mercerie, une femme me raconta qu'elle n'avait réussi à marier sa fille contrefaite, laide et débile que grâce à l'intervention de la Federlé, « Avec un riche commerçant qui plus est ! », ajouta-t-elle. Bref, personne n'en pensait du mal. Certes, elle n'allait pas à l'église, mais à part cela on ne pouvait rien lui reprocher. « Il n'y a jamais eu d'homme dans sa vie. », m'a dit le boucher, « Mais franchement, est-ce que vous, vous auriez envie de... », « Oh que non ! », l'ai-je interrompu.

Je suis allé boire une bière dans un café. Que devais-je faire maintenant ? J'avais secrètement espéré trouver là un indice qui m'aurait permis d'avancer. Il fallait qu'il y ait quelque part un lien entre Federlé et Misowski, elle ne dépensait donc pas tant d'argent pour élucider le meurtre d'un type qu'elle ne connaissait pas ! Je n'avais dans l'état actuel des choses pas d'autre solution que d'emprunter la voie classique : fouiller dans l'entourage de la victime. Mais pour cela, il fallait que je me procure d'abord quelques informations.

Le couloir était désert, le bureau d'Angelo vide, le cendrier plein de mégots.

— Tu fumes trop, lui ai-je dit, pense à ton souffle pour le prochain match...

Je me suis immédiatement rendu compte de la gaffe que je venais de commettre, mais Angelo était trop mal luné pour la relever.

— J'ai passé toute une matinée avec cette bande de minables, grogna-t-il, et pour rien ! Il y a eu une attaque à main armée à laquelle ont participé quatre hommes – quatre ! Et personne ne sait quelque chose, ni dans le milieu, ni parmi nos informateurs habituels. Ça n'existe pas, ça !

Il m'a fallu dix minutes pour le convaincre que cela existait bel et bien et dix autres pour chasser sa mauvaise humeur. Après, il me montra gentiment les informations que lui avaient fournies ses collègues de la brigade des jeux.

Thaddée Misowski avait loué en ville une minuscule chambre qui lui servait de bureau et qui était en même temps son domicile légal. Il n'avait pas de comptabilité ou de trésorerie, car il n'acceptait pas de paris, mais se contentait de vendre cash des tuyaux à des gens qui généralement n'y comprenaient pas grand-chose aux courses de chevaux. Il encaissait cent euros par tuyaux. Si le cheval gagnait, il gardait l'argent, sinon il le rendait au client. Ce n'était qu'en apparence une mauvaise affaire. Car pour une course dans laquelle étaient engagés, par exemple, huit chevaux, il vendait huit tuyaux différents, un par cheval. Il gardait les cent euros du client dont le cheval avait gagné, et remboursait les sept autres. À raison de six ou sept courses par jour, ça lui faisait un bénéfice de six cents ou sept cents euros. L'astuce était bête à pleurer, mais il y a toujours des gogos qui aiment se faire plumer.

En tout cas, Misowski gagnait bien sa vie ainsi. Il ne buvait pas, n'avait pas d'amis et se gardait comme la peste de miser ne fut-ce qu'un euro sur un cheval. À part l'épanouissement de son âme, il avait cependant encore un autre hobby : une certaine Suzy Vogelsang, âgée de vingt-deux ans, à qui il avait acheté un joli appartement au quartier des Quinze et chez laquelle il habitait la plupart du temps.

— J'étais déjà chez elle, a dit Angelo en réponse à mon regard interrogateur. Un joli brin de fille qui semble sincèrement désolée d'avoir perdu son ami, mais pour le reste, elle ne présente aucun intérêt pour l'enquête. Depuis vingt-quatre heures maintenant, je me fais braire avec cette histoire à la noix et le résultat est égal à zéro ! Crois-moi, Nico, à ta place je rendrais l'acompte à ton client et m'occuperais d'autre chose.

Angelo avait beau parler – il ne connaissait pas mon client et ne savait pas de quoi il était capable !

— En tout cas, continua-t-il, j'en ai ras les bottes et rentre chez Clara bouffer quelque chose de bon. Tu m'accompagnes ?

La femme d'Angelo est une remarquable cuisinière et j'étais bien tenté d'accepter.

— Tu l'embrasseras de ma part, mais je préfère faire moi aussi une visite à cette Suzy Vogelsang, peut-être me confiera-t-elle des choses qu'elle ne voulait pas dire à la police...

— Ne te fais pas trop d'illusions, a dit Angelo en tapant avec l'index contre son crâne, elle n'est pas très futée.

L'appartement de Suzy Vogelsang se trouvait au dernier étage d'une maison moderne de grand standing, en face du canal. La cage d'escalier était lumineuse, les marches des escaliers recouvertes de moquette. Sur le palier il n'y avait que deux portes qui semblaient se regarder sans trop de sympathie. J'ai compris pourquoi en regardant les plaques à côté des sonnettes. Sur l'une était marqué « Guillaume Baley – Administrateur hors-classe », sur l'autre « S.V. – modèle nu ». Je sonnai chez Suzy.

La personne qui a ouvert la porte aurait rendu de mauvaise humeur n'importe quel misogyne. Elle était petite, rose, dodue, avec autant de courbes que les montagnes russes à la foire Saint-Jean. Son visage était joli et ses yeux me regardaient d'un air narquois.

— Alors, qu'est-ce qui se passe, tu n'as jamais vu de fille ou tu es muet de naissance ?

J'ai dû avaler plusieurs fois ma salive avant de pouvoir parler.

— Êtes-vous Suzy Vogelsang ?

— Évidemment, ou bien crois-tu que j'ai une femme de chambre ou une cuisinière ? Et toi, tu es sans doute encore un flic, en tout cas tu n'as par l'air de vouloir faire des photos cochonnes !

Je lui ai expliqué rapidement que j'étais un privé qui – « en étroite relation avec la police », ai-je précisé – s'occupait du meurtre de Misowski. Est-ce qu'elle avait quelques minutes à me consacrer ?

— J'ai tout mon temps, beau mec ! Allez, entre.

À travers une espèce de boudoir qui visiblement était son lieu de travail, elle me conduisit au salon. Ses hanches et ses fesses semblaient être montées sur roulement à billes, tant sa démarche était voluptueuse. En arrivant au salon, j'avais chaud de partout et le col qui me serrait. La pièce était meublée avec goût et très joliment arrangée, malgré le désordre.

— C'est Misowski qui a installé ça ? ai-je demandé.

— Penses-tu ! Il ne s'y connaît... il ne s'y connaissait qu'en chevaux, et encore. Non, c'est moi qui ai tout choisi, mais naturellement c'est lui qui a payé ! Pourquoi, ça te plaît ici ?

— Oui, ai-je dit, et je le pensais vraiment.

Je me suis assis dans un fauteuil Voltaire, Suzy s'est lovée sur le canapé moelleux en face de la cheminée dans laquelle crépitaient joyeusement des bûches odorantes. Elle portait un pantalon en velours noir et une blouse blanche transparente sous laquelle il n'y avait que la peau. II m'a fallu un grand effort de volonté pour garder mon regard fixé à l'étage au-dessus où le spectacle n'était pas moins plaisant : un visage joyeux avec un nez fin, des yeux verts, des cheveux châtains naturellement bouclés et une bouche qui ne pouvait que provoquer des mouvements de succion chez tout homme normalement constitué. Je me rappelai encore juste à temps que j'étais venu pour travailler.

— Tu ne sembles par particulièrement submergée par le chagrin...

— Écoute, mettons tout de suite les choses au clair. C'est lui qui m'a couru après, pas moi. Et au plumard ce n'était pas le pied, si tu vois ce que je veux dire. Naturellement, ça m'a fait un choc quand j'ai appris la nouvelle, et hier soir, j'ai même un peu pleuré. Mais de là à me lacérer la poitrine de douleur !

— Ce serait bien dommage, ai-je dit en ayant enfin l'occasion de baisser mon regard et d'admirer les deux seins que Suzy cajolait maintenant doucement. Mais Misowski t'as quand même entretenue, et généreusement si j'en juge par ce que je vois ici !

— Oui, je le reconnais, il n'a jamais été pingre avec moi. C'est d'ailleurs la raison pour laquelle j'ai pu faire quelques économies qui me permettront de tenir un bout de temps. Après, je trouverai bien un autre type aussi généreux que lui. Tu en doutes peut-être ?

Je n'en doutais pas le moins du monde. Nous avons encore eu une conversation animée et intéressante. Angelo avait tort : cette fille n'était pas du tout une demeurée, au contraire. Mais je n'ai rien appris d'elle qui ait pu me faire avancer dans mon enquête. Elle et Misowski, disait-elle, avaient mené une existence assez recluse, sans voir grand monde. Non, elle ne se souvenait ni des noms ni des visages des rares personnes qu'ils avaient rencontrées. Oui, il lui arrivait de s'ennuyer affreusement, oui, sa libido était parfois chauffée à blanc. Elle s'était inventée une tante à Marseille qui tombait souvent malade et qu'elle était alors obligée de soigner. Cela lui permettait de s'échapper de temps à autre pour une semaine ou deux et de faire la foire à Cannes ou à Monte-Carlo. Non, Misowski n'a jamais rien remarqué. Elle savait peu de choses de Misowski sinon qu'il gagnait son argent aux courses. Elle n'a jamais su comment, mais elle n'était pas curieuse et évitait de poser des questions. Elle parlait, elle parlait, elle parlait, elle souriait, pointait ses seins, croisait ses jambes, tendait ses fesses, mais moi, je n'étais pas plus malin qu'avant.

— Tu peux repasser, si tu veux, a-t-elle dit en me raccompagnant à la porte.

Sur le palier, elle m'embrassa sur la bouche.

En m'asseyant dans la voiture, j'ai senti mon estomac qui faisait de drôles de bruits et réalisé que je n'avais pas déjeuné. J'ai donc garé la voiture allée de la Robertsau et suis allé manger au « Gourmet de l'Orangerie ». Après une demi-douzaine d'escargots, je me suis laissé tenter par un jarret de porc braisé, puis deux morceaux de tarte aux pommes. Pour me récompenser d'avoir si bien travaillé, je me suis octroyé une demi-bouteille de Haut-Barton 2005. En sortant dans le froid et le crachin, j'étais dans un état euphorique qui étouffait toute velléité de rentrer chez moi. Une fois assis dans la voiture, je m'interrogeai sur la direction à prendre : Manni ou Suzy ? Avant d'avoir pu prendre une décision, une voix de crécelle tout près de mon oreille me fit sursauter.

— Alors, Nicolas Talberg, c'est ainsi qu'on travaille pour mille euros par jour ?

Erna Federlé était assise sur le siège arrière et me fixait d'une façon peu aimable avec ses yeux de braise. Le jarret de porc pesait tout à coup lourdement dans mon estomac.

— Vous avez gagné aujourd'hui mille euros, Nicolas Talberg, et pour quoi ? Pour rien ! Vous n'avez pas avancé d'un pouce et n'en savez pas plus sur Misowski que ce matin.

— Mais je viens justement de...

— Où étiez-vous tout à l'heure ? Qu'avez-vous appris là ? Rien, rien du tout ! Les traces de rouge à lèvres sur votre joue montrent à quoi vous vous êtes occupé, espèce de fainéant lubrique !

J'essayai de me défendre.

— Mais cette affaire est tout à fait banale, il n'y a rien à chercher, c'est...

— On croirait entendre un vieux fonctionnaire près de la retraite ! Si moi je vous paie aussi royalement, c'est qu'il y a quelque chose à trouver. Et pour cette journée perdue, il va y avoir une sanction !

Subitement la douleur était à nouveau là. Pied droit, petit orteil, la même douleur, cruelle, dégueulasse, insupportable.

— Voilà, ça durera quelques heures ! Je pense que demain vous ferez preuve d'un peu plus d'énergie et d'intelligence.

J'étais bien trop occupé avec mon pied pour pouvoir lui répondre. Elle sortit de la voiture et disparut dans la nuit. Je ne sais plus comment j'ai réussi à rentrer sans provoquer d'accident. J'ai boité en gémissant à travers tout l'appartement, je me suis fait des compresses chaudes, j'ai mis des glaçons sur mes orteils, j'ai pris des analgésiques. À la fin, je n'ai trouvé qu'une solution : boire jusqu'à ce que je tombe ivre mort. Au moment où j'ai sorti la bouteille, les cloches de la cathédrale ont sonné les douze coups de minuit. La douleur s'arrêta instantanément.

— Je deviens fou ! ai-je crié tout fort.

J'ai bu trois schnaps coup sur coup et me suis immédiatement couché en tirant la couverture par-dessus la tête.

4

Contrairement à mes habitudes, je ne me suis réveillé que vers neuf heures. Le brouillard qui embuait mon esprit s'était un peu dissipé et quand j'ai repensé à ma rencontre avec la Federlé, je n'ai plus eu aucune envie de me lever. Je me tournai contre le mur, fermement décidé à me rendormir. À ce moment, j'ai subitement senti un élancement dans mon pied droit. Pris de panique, j'ai rejeté la couverture et bondi hors du lit. Grâce à Dieu ce n'était qu'un petit avertissement : je pouvais marcher normalement et me sentais plutôt en forme.

J'ai appelé Angelo qui en était au même point qu'hier. « Je viens de me faire engueuler par le procureur. », a-t-il dit, « Je voudrais le voir à ma place, ce grand dadais imbu de lui-même. Et toi, ta visite chez Suzy Vogelsang ? »

« Je ne sais pas très bien. », ai-je marmonné, « Il faut sans doute que j'y retourne. ». « Espèce de cochon ! » a répondu Angelo en raccrochant.

La vérité est que j'avais bien envie de la revoir. Mais d'un autre côté, j'avais aussi l'impression qu'elle ne m'avait pas tout dit. J'ai hésité un instant, mais comme rien ne bougeait du côté de mon pied droit, j'ai estimé avoir reçu le feu vert.

Cette fois, elle ne portait qu'une nuisette en m'ouvrant.

— Salut ! ai-je dit avec mon fameux sourire en coin connu pour être irrésistible. Je passe pour savoir si depuis hier tu t'es souvenu de quelque chose...

— Je pensais bien que tu ne mettrais pas longtemps ! À vrai dire, j'avais espéré te revoir dès hier soir...

— Ce n'était malheureusement pas possible, j'étais très occupé.

— Est-ce que tu as au moins rêvé de moi ? demanda-t-elle en me laissant entrer.

Je voulais aller dans la pièce où nous étions hier, mais elle me retint par la manche.

— Aujourd'hui, c'est par ici !

Elle me prit par la taille et pressa sa hanche contre la mienne. Je respirais avidement l'odeur enivrante qui montait de son corps. La chambre à coucher était petite, mais joliment arrangée. Une table roulante avec le petit déjeuner attendait à côté du lit et la sono diffusait discrètement de la musique douce.

Suzy enleva prestement sa chemisette et sauta sur le lit.

— Alors, qu'est-ce que tu attends ? a-t-elle dit en se laissant tomber en arrière.

Je me flatte de voir au premier coup d'œil si une femme est douée pour ce sport ou pas. Je ne m'étais pas trompé pour Suzy Vogelsang, qui dépassait même très largement mes attentes. Elle n'a pas dû être déçue non plus, car elle a bien mis dix minutes pour retrouver ses esprits.

— Tu m'as comblée, a-t-elle dit d'un air reconnaissant, ce n'est pas le vieux Misowski qui me gâtait de la sorte !

Elle s'est blottie contre moi, son sein droit remplissant mon aisselle gauche, le gauche pesant agréablement sur mes côtes. Avec ma main, elle s'est caressé les cuisses et ce qui se trouve encore dans cette région.

— Tu sais, il me manque tout simplement l'entraînement. Deux, trois fois par jour avec toi pendant quelques semaines et je serais à nouveau au meilleur de ma forme ! Mais j'ai faim maintenant, toi aussi ?

C'est comme cela que je me suis toujours représenté la vie. Je me suis bien calé dans le lit, j'ai fumé une cigarette en regardant Suzy recharger la table roulante. Après les œufs au plat et le jambon, il y a encore eu quelques caresses qui nous ont mis dans l'état où le renoncement à l'essentiel constitue le plaisir suprême. En mordillant mon oreille Suzy dit tout à coup :

— Je vais te confier quelque chose, quasiment en guise de récompense...

— Quoi donc ? ai-je demandé sans grande conviction, car les mordillements provoquaient chez moi une chair de poule des plus agréables.

— Thaddée avait un copain qu'il voyait assez souvent ces derniers temps...

Ma sonnette d'alarme incorporée se mit à retentir tout fort et me ramena à la réalité.

— Comment s'appelle ce type ? Que fait-il, où habite-t-il ? ai-je demandé en me dressant dans le lit.

— Ça t'a réveillé, ça, hein ? dit Suzy non sans une certaine tristesse dans la voix. Je crois qu'il rabattait occasionnellement des clients pour Misowski, mais j'ai remarqué que ces derniers temps ils se voyaient assez souvent. Il s'appelle Todor Balog et habite au Neuhof. Mais qu'est-ce que tu fais là ?

— Je me rhabille, ma chérie. Merci pour le renseignement !

— Si j'avais su...

— Il fallait de toute façon que je parte – j'ai encore un boulot, tu sais ! Mais j'aimerais quand même savoir pourquoi tu ne m'as pas déjà parlé de ce type hier.

— Si je l'avais fait, est-ce que tu serais revenu ?

Je la regardais comme elle était couchée sur le lit, la tête appuyée sur une main, chaude et croquante comme un petit pain qui sort du four.

— Naturellement !

— Tu ne mens pas ?

— Je te le jure, dis-je en l'embrassant sur le nombril.

— Quand est-ce qu'on commence avec mon entraînement ? demanda-t-elle en me raccompagnant jusqu'à la porte.

— Dès que j'en aurai terminé avec Thaddée Misowski. Je te le promets.

Elle était nue sur le palier et m'envoya un baiser d'adieu. Au même moment, l'épouse de l'administrateur hors-classe voulut sortir de son appartement, le panier à provisions à la main. En voyant la scène, elle poussa un « Oh ! » scandalisé et rentra vite chez elle.

Une fois dans la rue, j'ai regretté d'avoir quitté ce nid douillet. Un vent du nord glacial poussait des nuages gris, l'air sentait la neige et les rares personnes qui étaient dans la rue avaient l'air de mauvaise humeur. Les deux cents mètres jusqu'à ma voiture ont suffi pour avoir la roupie au nez.

Suzy m'avait écrit l'adresse de Todor Balog sur un bout de papier. C'était un HLM qui semblait dater d'avant les guerres napoléoniennes, tant il avait l'air dégradé. L'entrée était étroite et sombre, les murs étaient pleins d'humidité et ça sentait la soupe aux choux. « Au dernier étage. », a grommelé une vieille femme à qui j'ai demandé le chemin. L'ascenseur était évidemment en panne et j'ai dû me taper cent vingt-huit marches avant d'y être. Le plafonnier du dernier palier ne fonctionnait pas et c'est à la lumière de mon briquet que j'ai trouvé une porte sur laquelle une main de semi-analphabète avait griffonné à la craie « T. BALOG ».

— Qui est là ? demanda une voix quand j'ai cogné à plusieurs reprises contre le bois.

— Je m'appelle Nicolas Talberg et je voudrais parler à Todor Balog.

— Qui êtes-vous ?

— Je suis détective privé. Je suis très grand et très fort et je n'aime pas qu'on me fasse attendre devant une porte !

— Qu'est-ce que vous voulez de moi ?

— Je voudrais vous poser quelques questions sur Thaddée Misowski…

— Foutez le camp, je n'ai pas le temps maintenant !

— Je compte jusqu'à trois, si à trois vous n'avez pas ouvert, je casse la porte !

Après quelques instants, j'ai entendu qu'on tournait deux fois la clef dans la serrure et qu'on poussait un verrou. Compte tenu de son ton belliqueux, je m'attendais à voir une grosse brute hargneuse. Mais l'homme qui me fit face avait la cinquantaine bien sonnée et était terriblement gros. Son visage laid et pas rasé était bouffi et plein de boutons, il tremblait comme s'il avait peur ou 40° de fièvre.

Je l'ai cuisiné dans toutes les règles de l'art, mais je n'ai pas réussi à en sortir quelque chose d'intéressant. Il a effectivement travaillé de temps à autre pour Misowski qui le payait bien et réglait même parfois ses dettes. Balog était désespéré parce qu'il ne savait pas comment il allait désormais s'en sortir.

— Vous pourriez peut-être chercher du travail, ai-je proposé.

Il me regarda avec horreur et dit que cela était absolument impossible, qu'il n'avait jamais travaillé, ne savait pas comment on faisait, que cela allait le rendre malade. Bref, la mort de Misowski était le plus grand malheur qui ait pu lui arriver. Thaddée était un chic type qui n'avait jamais oublié le petit service que lui, Balog, lui avait jadis rendu.

— Quel service ? voulus-je savoir.

— J'ai fait deux ans de taule à sa place, dit Balog.

Misowski avait rossé un client récalcitrant qui avait eu le malheur de perdre un œil. La police et le tribunal ont cru que Balog était le coupable. Il n'a pas dénoncé son copain et purgé sa peine.

J'ai compris maintenant pourquoi Misowski aidait si généreusement cette épave et par la même occasion que Balog n'avait aucune raison de tuer son bienfaiteur. Il avait du reste un alibi en béton : la police l'avait ramassé ivre mort et il avait passé son samedi et son dimanche en cellule de dégrisement. « Est-ce que Misowski avait des ennemis ? » lui ai-je demandé. « À vrai dire non. », a-t-il répondu. « Bon, il y avait peut-être l'une ou l'autre dispute avec des clients, mais de là à l'égorger... Misowski avait du reste vécu une vie plutôt retirée. Il passait le plus clair de son temps avec son amie et dans cette secte où il a été tué. »

C'était vraiment à désespérer. Ce Misowski a apparemment vécu comme un saint : le boulot, l'amour conjugal et l'épanouissement de son âme ! Quand on rencontre enfin quelqu'un qui le connaît de plus près, comme ce Balog, il ne sait rien d'intéressant... ou est muet comme une carpe !

Une chose m'a cependant parue certaine : Balog avait peur, mais de qui ou de quoi ? Mon tapage n'a quand même pas pu l'effrayer au point d'en avoir encore une heure après les genoux qui tremblent. J'avais comme l'impression que Balog et moi allions encore nous rencontrer dans pas très longtemps.

Après ce taudis et ce personnage sinistre, j'éprouvai le besoin de me réconforter dans un endroit sympa. J'allai donc chez « Marius » avenue de Colmar, un bistrot que j'avais l'habitude de fréquenter après les matchs du Racing. J'ai pris un grog, puis mangé un bon goulasch accompagné de deux bières. Gagné par l'euphorie de la digestion, je me suis dit que j'en avais déjà fait assez aujourd'hui et que je pourrais rentrer chez moi pour m'octroyer une soirée télé bien douillette en compagnie de la personne que j'aime le plus au monde, à savoir moi-même. À peine avais-je conçu ce plan, que j'ai commencé à sentir le fameux élancement dans le petit orteil. Mes jurons ne faisaient qu'augmenter la douleur et me valaient les regards désapprobateurs des autres clients. Cette misérable sorcière avait trouvé un moyen infaillible de me faire bosser ! Et de fait, dès que j'eus quitté le bistrot, la douleur s'arrêta instantanément.

Des trois pôles autour desquels tournait la vie de Misowski, j'en connaissais déjà deux : Suzy et Balog. Il était temps de m'occuper du troisième : l'Association pour l'Épanouissement de l'Âme Chrétienne.

Angelo n'était pas dans son bureau, mais un de ses adjoints me donna une copie de la liste des membres. Il y en avait une cinquantaine, que des hommes. La gent féminine n'avait apparemment pas d'âme qu'il s'agissait d'épanouir. Les informations pratiques sur les membres étaient parcimonieuses. Toutes les catégories sociales étaient représentées, des ouvriers aux directeurs d'entreprises en passant par les professions libérales, les commerçants et les petits employés. Il m'était naturellement impossible de les voir tous. Mais il y en avait un qui avait retenu mon attention : un certain Vincent Tuisson, comptable de profession qui était le secrétaire de l'association pour l'année en cours.

Il habitait un petit appartement près de la gare et ne semblait nullement étonné de me voir.

— Entrez-donc, monsieur le commissaire, me dit-il d'une voix onctueuse quand il a su que je venais pour Misowski, deux de vos collègues m'ont déjà interrogé hier soir, un autre est passé ce matin.

Il était grand, mince et aurait pu passer pour un bel homme s'il n'avait pas eu un regard aussi fuyant.

— Quel malheur, monsieur le commissaire, quelle épreuve le Seigneur nous a-t-il envoyée avec la disparition de notre frère, tué dans des conditions si atroces...

Pour ma part, je trouvais qu'il avait surtout envoyé l'épreuve à Misowski, mais je gardai pour moi ces réflexions, de peur de braquer ce dévot sournois. Il m'a raconté avec force détails le déroulement de l'attaque – « J'ai perdu deux cent trente euros dans cette affaire. », a-t-il précisé et j'avais le sentiment que cette perte l'affligeait davantage que la mort de son « frère ». Pendant qu'il parlait, il jouait sans cesse avec deux balles de tennis, les lançant d'une main à l'autre, les faisant rebondir sur la table ou les tenant en équilibre sur le dos des mains. Avec cela, il n'avait vraiment pas l'air de savoir jouer au tennis, ni même aux billes.

— Notre frère Thaddée était très généreux et soutenait beaucoup notre association. Sa mort est un coup dur pour nous et je ne vous cacherai pas que je suis très inquiet pour notre avenir...

— Mais Dieu ne va pas vous laisser tomber ! ai-je dit sur un ton mielleux.

— Je vais prier pour qu'il vous écoute, monsieur le commissaire. Et maintenant, je vous prie de m'excuser. J'ai encore quelques affaires importantes à régler ce soir, mais je reste à votre entière disposition. Je souhaite de tout cœur qu'on réussisse à éclaircir le meurtre de notre frère...

Une fois de plus, je me suis retrouvé dans la rue sans avoir avancé d'un pouce. Tous les gens qui étaient en relation avec Misowski – Suzy, Balog, les membres de la secte – avaient tout intérêt à ce qu'il reste en vie. J'étais au bout de mon latin.

5

Manni était assise dans mon fauteuil et tambourinait avec ses doigts sur le bureau. Elle ne souriait pas comme d'habitude, mais me fixait avec des yeux qui ne promettaient rien de bon. Je ne savais pas pourquoi elle était furieuse et essayai quand même de lui donner le baiser matinal habituel. En guise de réponse, je reçus une gifle magistrale.

— Ne me touche pas, espèce de cochon ! Comment oses-tu paraître ici, après ce que tu as fait ?

Manni cognait dur. En frictionnant ma joue endolorie, je lui ai demandé prudemment pourquoi je subissais un pareil traitement. Sans même daigner me répondre elle jeta devant moi une enveloppe verte. J'en sortis une feuille de papier de la même couleur sur laquelle était écrit à l'encre brune le texte suivant :

« Chère mademoiselle Gastonet, je ne voudrais pas manquer de vous faire savoir que Nicolas Talberg – qui nous est cher à toutes les deux – a passé ce matin plus de trois heures chez une certaine Suzy Vogelsang. Cette jeune femme est très jolie (mais pas autant que vous !), Nicolas Talberg est très faible, bref, ils se sont adonnés ensemble et avec beaucoup d'intensité au plaisir de la chair. J'espère que vos reproches justifiés vont inciter notre ami Nico à s'occuper désormais plus de son travail et moins de la satisfaction de ses bas instincts. Votre Erna Federlé »

— Alors, quelle excuse vas-tu présenter cette fois-ci ? demanda Manni sur un ton agressif.

C'était toujours le même scénario : quand elle m'attrapait en train de voir ailleurs, elle ne jouait pas l'offensée ou éclatait en sanglots. Non, elle m'attaquait en bonne et due forme et tout de suite avec l'artillerie lourde. J'ai une fois essayé de lui faire comprendre qu'elle n'avait aucun droit de le faire, parce que nous n'étions pas mariés, ni officiellement liés. Mal m'en a pris. « Je n'en ai rien à cirer de ces enculages de mouches », a-t-elle crié. Tant que je couchais avec elle, je devais, s'il vous plaît, ne pas baiser avec d'autres. Et si je ne voulais pas entendre raison, elle fermerait la petite porte du réduit pendant quelques temps. Et effectivement elle la ferma pour quatre semaines. À la fin, c'en fut aussi trop pour elle. Je n'avais pas fait amende honorable, mais le premier pas pour une reprise de relations diplomatiques normales. Elle m'en était reconnaissante et n'avait depuis plus jamais fermé la petite porte. Du reste, j'avais compris peu à peu qu'avec Manni, nier n'avait aucun sens. Je passais donc toujours aux aveux, non sans avancer quelques raisons professionnelles pour expliquer mes agissements coupables.

J'en étais à insister sur l'importance des révélations que Suzy Vogelsang m'avait faites à propos de Todor Balog quand on sonna. Manni revint avec une enveloppe express de UPS dans laquelle se trouvait une enveloppe verte. « C'est pour toi cette fois-ci », a dit Manni en me la tendant. Elle portait en effet mon nom, écrit à l'encre brune, et me semblait bien épaisse. Elle contenait dix billets de deux cents euros et une coupure de journal en marge de laquelle Erna Federlé avait griffonné : « Occupez-vous aussi de ce meurtre. C'est la même affaire ! E.F. »

C'était une brève parue dans les pages régionales des D.N.A. du matin : « La police fluviale a repêché hier soir dans le Rhin à la hauteur de Drusenheim le cadavre d'un homme âgé d'environ quarante ans. L'homme a été tué par balle et son visage a été rendu méconnaissable par des coups de marteau ou de barre de fer. ».

J'ai tout de suite téléphoné à Angelo pour attirer son attention sur cet article et lui dire que d'après des informations que j'avais eues après une longue et difficile enquête (il est toujours bon de se faire mousser un peu et de toute façon si je lui avais donné ma source il m'aurait placé directement en psychiatrie !), il y avait un lien entre ce meurtre et l'assassinat de Misowski. « Je vais m'en occuper. », a-t-il répondu.

J'étais donc bloqué jusqu'au lendemain matin et la perspective de devoir passer la soirée avec une Manni furieuse contre moi ne me réjouissait guère. C'est alors qu'elle m'a dit incidemment que Lilli Libs avait téléphoné tout à l'heure pour nous inviter à dîner avec eux. « Tu as accepté j'espère. », ai-je dit, tout content d'échapper ainsi à un face-à-face qui à n'en pas douter aurait été houleux. « Oui, mais uniquement pour ne pas être obligée de parler avec toi ! »

Pendant le trajet, elle n'a pas ouvert la bouche et n'a même pas daigné rire de mes plaisanteries qui étaient pourtant d'excellente qualité. Une fois cependant, j'ai eu l'impression qu'elle se tenait le visage d'une main et le ventre de l'autre, comme si elle voulait réprimer un fou-rire.

Quand nous sommes arrivés chez Jean et Lilli, les enfants étaient là où ils doivent être à cette heure-là, à savoir au lit.

En bon boulanger, Jean n'aimait guère le désordre ou le laisser-aller. Il adorait ses gosses d'autant plus qu'il ne les voyait pas beaucoup : il bossait une grande partie de la nuit et dormait une grande partie de la journée. Les rares moments où il arrivait à être avec eux se passaient en jeux, rigolades et câlins, mais aussi en discussions sérieuses : « Si vous voulez avoir une vie plus confortable et prestigieuse que la mienne, il faut beaucoup travailler et être exigeants avec vous-mêmes. ». Les enfants pour leur part acceptaient sans rechigner cette discipline. L'un sera avocat, l'autre médecin, prédisait Jean, tandis que Lilli les voyait plutôt en vedettes de la télévision. « Auteur de polars, tant que tu y es ! », grognait alors Jean qui désapprouvait ce genre de fantaisie.

On est allés tout de suite à table.

— Où est-ce que tu as encore traîné, espèce de débauché ! a dit Lilli en posant sur la table un énorme rôti de veau.

J'aurais dû m'en douter ! Après avoir reçu la lettre de la Federlé, Manni avait tout de suite appelé Lilli, sa meilleure amie, pour pleurer dans son gilet. L'invitation de celle-ci était sûrement improvisée et destinée à nous réconcilier.

Lilli a pointé le couteau à trancher en direction de mon bas-ventre.

— On devrait les castrer, les mecs comme toi, a-t-elle dit.

— Je ne sais pas si Manni serait d'accord, ai-je osé dire, tout en retenant sa main.

— Plutôt un homme « sans » dans son propre lit, qu'un homme « avec » dans le lit d'une autre, a dit Jean d'un ton docte en en mâchant sa première bouchée.

Les plaisanteries ont encore duré un bon moment. Je n'étais pas mécontent, parce que du coup « l'affaire » apparaissait presque anodine et mon cas moins grave. Après le repas, Manni elle-même en parlait déjà comme si cela avait été une bonne blague. J'étais sauvé.

Quand vers onze heures nous nous sommes retrouvés sur le quai des Bateliers devant la vitrine fermée de la boulangerie il a commencé à neiger.

— Tu veux que je te raccompagne chez toi ? ai-je demandé.

— Si tu en as envie, a-t-elle répondu en prenant mon bras.

J'ai compris ce que cela voulait dire : « Affaire classée, n'en parlons plus. ». Malgré le froid et la neige, nous sommes allés à pied jusqu'à son appartement situé tout près dans la Krutenau.

— Tu peux monter, a dit Manni quand nous étions arrivés.

La réconciliation définitive a eu lieu un peu plus tard dans le lit de Manni. Le matin Suzy m'avait passablement mis à contribution et j'ai dû puiser dans mes réserves pour faire honneur à ma réputation. Quand j'ai voulu stopper le train au premier arrêt, Manni s'est montrée intraitable : « Tu n'as pas de match demain, alors ne fais pas la mijaurée ! ». Quand, une heure après, je me suis endormi complètement épuisé, j'ai eu comme le soupçon que Manni avait voulu se venger d'une façon pour elle fort agréable.

Le lendemain matin, j'ai ressenti la sonnerie du téléphone comme une attaque cruelle contre l'intégrité de ma personne. J'avais l'impression que la moelle de mes os avait été remplacée par du plomb et que ma tête ne tenait plus bien sur les épaules. Rien que d'ouvrir les yeux constituait un effort violent que j'avais de la peine à fournir. Manni n'avait pas bougé et, l'air béat, continuait à ronfloter. En me traînant vers le téléphone, j'ai pensé non sans mélancolie qu'il y avait quelques années encore ce genre d'excès ne laissait aucune trace.

— Dis donc, combien de temps il faut pour te réveiller ? a dit la voix joyeuse d'Angelo Pedroni. Qu'est-ce que vous avez encore fait hier ?

— Devine... mais fais vite car je veux me recoucher ! J'ai besoin d'au moins dix heures de sommeil encore...

— Pas question ! Tu es dans mon bureau dans une heure au plus tard, rasé, douché et capable de penser de manière à peu près cohérente. Contrairement à certains, il y a des gens qui se lèvent tôt et qui bossent. Nous avons identifié le cadavre au visage écrabouillé. Si tu es encore intéressé, ramène ta fraise et dare-dare !

Après un traitement de choc j'entrai dans le bureau d'Angelo exactement cinquante-quatre minutes après.

— Et si je te disais maintenant que c'était un poisson d'avril ? rigola Angelo.

— Je ne suis vraiment pas d'humeur à plaisanter, ai-je répondu, alors crache ta Valda !

L'homme, raconta Angelo en substance, avait été tué depuis une distance d'environ deux mètres par une balle dans le dos. Le meurtrier lui avait ensuite démoli le visage pour le rendre méconnaissable, mais d'après le médecin légiste, c'était plutôt un travail d'amateur. Les poches du mort étaient vides, mais dans sa chemise on a trouvé l'étiquette d'un pressing. Le reste était de la simple routine. Bref, il s'agissait d'un certain Dominique Santelli qui était fiché depuis longtemps. Il avait fait plusieurs fois de la prison pour vol avec violences, une fois même il avait été inculpé d'homicide, mais n'avait pas été condamné faute de preuves. Depuis quelques années on n'entendait plus parler de lui, peut-être s'était-il rangé des affaires. En tout cas, il était boucher de métier, travaillait régulièrement dans un abattoir à Vendenheim et habitait dans une espèce de pension à la Wantzenau.

— Tu y as déjà été ? ai-je demandé.

— Non, nous ne connaissons l'adresse que depuis un quart d'heure. Nous y allons maintenant, tu peux nous accompagner si tu veux.

— Et comment je veux !

6

À moins d'avoir été arrêté, il est toujours agréable d'être emmené dans une voiture de police. D'abord, parce qu'on économise ainsi de l'essence, ensuite parce qu'on avance beaucoup plus vite. En effet, ces voitures roulent presque toujours, et même quand il n'y a aucune raison de le faire, avec sirènes et gyrophares. « C'est une question de prestige. », m'a une fois expliqué un flic qui emmenait au P.M.U. les paris de tout un commissariat.

D'après le règlement, je n'aurais pas dû rouler avec eux, mais comme tout le monde me connaît dans la maison et que les grands chefs savent que j'ai souvent aidé à résoudre des problèmes difficiles en laissant le beau rôle à la police, on fermait les deux yeux devant ce genre d'entorse. Accompagnés du chant strident des sirènes, nous roulions donc tous les quatre, Angelo, son adjoint Bercant, un inspecteur stagiaire et moi, à toute allure dans la grisaille de cette journée de décembre. Les quais ont été avalés en une minute et demie, l'allée de la Robertsau en vingt-huit secondes. La traversée de la Robertsau a duré deux minutes. Ce n'est qu'après la clinique Sainte-Anne que le jeune inspecteur a ralenti pour que nous puissions admirer la forêt hivernale, puis, plus loin, les champs recouverts de givre et les méandres de l'Ill.

On s'arrêta devant une vieille bâtisse passablement miteuse qui jurait dans ce quartier plutôt pimpant. Sur la façade, une ancienne peinture mal recouverte à la chaux annonçait « Hôtel des Gravières », de nos jours, une pancarte en bois signalait plus modestement une « Pension ». Le personnage qui est apparu à la réception après nos hurlements intempestifs n'était pas impressionné pour un sou par la carte de police qu'Angelo lui avait mise sous le nez. « Chambre numéro 14 au 2e étage. », a-t-il simplement dit en tendant la clef. J'avais le sentiment que Santelli n'était pas le seul parmi ses clients à recevoir de temps à autre la visite de la police.

Dans la chambre numéro 14 ça cocottait comme dans une chambrée militaire après une marche forcée. Après avoir ouvert la fenêtre, nous sommes vite tombés sur la source de cette odeur pestilentielle : un énorme tas de chaussettes sales coincé entre le lit et le mur. Santelli a dû les porter jusqu'à ce qu'elles lui tombent littéralement des pieds.

— Quel cochon ! a dit Angelo. Allez, au boulot, fouillez-moi tout cela...

Pendant que les deux inspecteurs procédaient avec un air dégoûté à leur tâche ingrate, Angelo et moi nous attaquions au petit bureau sur lequel traînaient un vieux crayon à la mine cassée, deux stylos à bille et un bloc de papier bon marché. Dans le tiroir nous avons trouvé quelques factures, un morceau de beurre rance et un carnet.

— Apparemment sans intérêt, a dit Angelo après l'avoir feuilleté, il n'y a que des adresses de putes avec chaque fois leurs prix et spécialités. Il a une écriture, ce type, on dirait un enfant de huit ans ! Attends, là, sur la dernière page, il y a un nom « Vondermark », ça te dit quelque chose ?

Non, ça ne me disait rien, bien que j'eus l'impression d'avoir déjà entendu ce nom. Mais je n'arrivais pas à me rappeler dans quel contexte.

— Chef, regardez cela ! a dit Bercant.

Il avait tourné le matelas et pointait son doigt sur une fente de laquelle dépassait la crosse d'un pistolet. Angelo mit des gants blancs, sortit l'arme, la renifla et l'examina sous toutes les coutures, avant de la ranger dans un sachet en plastique.

— Je parie qu'elle n'a pas été utilisée depuis longtemps, dit-il sur un ton déçu.

— Ça, c'est un sacré machin ! s'exclama Bercant qui venait de sortir d'un frigidaire deux chaussures, un énorme morceau de viande rouge foncé et ce couteau qu'il nous montrait.

Il était long d'au moins quarante centimètres et large comme une main.

— Ne t'excite pas, dit Angelo, c'est un des instruments de travail qu'on utilise dans les boucheries chevalines...

Je sentais le sang me monter à la tête.

— Qu'est-ce que tu viens de dire, ai-je crié, tu as parlé de boucherie chevaline ?

— Oui, je ne te l'avais peut-être pas dit tout à l'heure. L'abattoir où travaillait Santelli est spécialisé dans la viande chevaline...

Angelo continuait à parler, mais je n'écoutais plus. Tout devenait subitement lumineux dans ma tête : Santelli – chevaux – courses de chevaux – Misowski ! À peine avais-je terminé de penser que mon pied droit, tellement maltraité ces derniers temps, était inondé de sensations agréables. C'était une impression difficile à décrire, un sentiment d'extrême enchantement et d'intime satisfaction, une chaleur délicieuse qui gagna peu à peu mon corps entier, un plaisir extrême qui me faisait presque défaillir. J'adressais du fond du cœur une ardente prière de remerciement à Erna Federlé.

Je revins sur terre. Tout cela n'avait duré que quelques secondes me semblait-il.

— Vous comprenez, vous comprenez ! dis-je en dansant de joie. Les chevaux, les chevaux !

Les trois autres me regardaient comme si j'avais dit de méchantes choses sur ma mère. Je leur ai donc expliqué l'enchaînement logique auquel je venais de procéder. Les deux inspecteurs me regardèrent comme si je venais d'inventer le truc avec l'œuf de Colomb.

— C'est pas bête ça, me félicita Angelo, c'est étrange que je n'y aie pas pensé moi-même....

— Pas tellement, l'ai-je rassuré. J'étais obligé d'y penser, moi, parce que je cherchais un lien entre Santelli et Misowski !

Cette fois on avait des raisons de faire fonctionner la sirène et de foncer à fond de train au commissariat central. Pendant que le laboratoire analysait les traces de sang trouvées sur le couteau, nous autres épluchions une nouvelle fois le dossier de Santelli. Le médecin légiste vint nous voir une heure après. L'ADN sur le couteau était identique à celui de Misowski. De plus, la façon dont celui-ci avait été égorgé dénotait la main experte d'un professionnel.

Nous n'étions pas peu fiers d'avoir élucidé ce meurtre, mais en même temps nous n'étions pas beaucoup plus malins qu'avant. Pourquoi Santelli avait-il tué Misowski ? Pourquoi avait-on tué Santelli ? Et qui l'avait tué ? Nous nous posions ces questions, vautrés autour du bureau d'Angelo avec chacun une canette de bière à la main. Mon ami se lamentait d'être obligé d'interroger à nouveau tous ses indics.

— Où vas-tu ? demanda-t-il quand je me suis levé pour mettre mon manteau.

— Je vais faire la même chose que toi – travailler ! Moi, cependant, je ne vais pas me coltiner des petits délinquants, mais Suzy Vogelsang.

J'échappai de justesse au reste de sandwich qu'il lança sur moi.

Une demi-heure plus tard, j'étais assis dans le meilleur fauteuil de Suzy et celle-ci sur mes genoux.

— Viens dans la chambre, dit-elle en mordillant mon oreille, il est grand temps de commencer l'entraînement !

Ce n'est pas l'envie qui me manquait, au contraire. Mais entre vouloir et pouvoir, il y a un long chemin que j'avais parcouru trop souvent au cours des dernières vingt-quatre heures, avec Suzy d'abord, avec Manni ensuite. C'est une chose que je ne pouvais évidemment pas lui dire sans ruiner ma réputation. J'ai donc refermé les boutons de son chemisier qu'elle venait d'ouvrir, je l'ai embrassée sur le front et j'ai dit d'un air attristé sans avoir le moins du monde besoin de feindre :

— Je suis désolé Suzy, l'entraînement ce sera pour un autre jour ! Je suis très pressé.

— Mais pourquoi es-tu venu ? m'a-t-elle interrompu, visiblement dépitée.

— Pour te voir...

— Raconte pas de conneries ! Tu viens chez moi par ce froid et ce temps de cochon et tu ne veux pas coucher avec moi – donc tu veux savoir quelque chose. Allez, pose-la, ta question !

— Est-ce que tu connais un certain Dominique Santelli ?

— Je l'ai vu une fois, a-t-elle répondu d'un ton bourru, un type plutôt miteux que Thaddée a rencontré quelque part aux courses. Ces derniers temps ils fricotaient quelque chose ensemble, mais je ne sais pas quoi. Pourquoi, qu'est-ce qu'il y a avec ce Santelli ?

— Oh, rien de bien spécial, on lui a simplement fichu une balle dans le bide, démoli la figure à coups de marteau, puis on l'a balancé dans le Rhin...

— Pas possible ! s'étonna Suzy. Est-ce que c'était les mêmes que pour Misowski ?

— Je ne le crois pas, ai-je répondu prudemment.

— C'est bizarre qu'on lui ait abîmé le visage... Bon, il était laid de toute façon et maintenant qu'il est mort, il s'en fout. Mais je trouve quand-même cela dégueulasse... Dis-donc, tu es vraiment tellement pressé ? On ne pourrait pas faire une petite séance, même rapide ?

Elle s'est mise à trafiquer après mon pantalon. Si je cède maintenant, je suis foutu, ai-je pensé. Je me suis donc levé et ai mis mon manteau.

— Réfléchis Suzy, pour bien faire ce dont tu as envie et moi aussi d'ailleurs, il faut du temps devant soi. Le faire à la va-vite entre deux portes c'est pas vraiment jouissif ! Je te promets...

Je lui avais promis un tas de choses et je croyais vraiment ce que je disais. Mais j'avais comme l'impression qu'elle était beaucoup plus impliquée dans cette histoire qu'il n'y paraissait. La première fois, elle ne savait rien du tout, la deuxième, elle a sorti de sa manche Todor Balog, la troisième, elle a avoué du bout des lèvres connaître Santelli.

Arrivé au bureau, j'ai ressorti la liste des membres de l'Association pour l'Épanouissement de l'Âme Chrétienne.

J'avais eu tout à l'heure une idée que je voulais vérifier. À la deuxième page figurait le nom que nous avions vu ce matin dans le carnet de Santelli : Vondermark. Il n'y avait aucune autre indication, ni prénom, ni adresse, ni profession. J'ai poussé un cri qui a fait sursauter Manni. Je lui ai expliqué les raisons de ma joie : Santelli ne faisait pas partie de l'Association, mais il connaissait au moins deux de ses membres, Misowski et Vondermark. Il participe à un hold-up et tue à cette occasion son copain Misowski. Celui-ci est lui-même trucidé peu de temps après. Il y avait donc forcément un lien entre ces trois hommes qu'il me fallait maintenant découvrir. J'ai encore vite vérifié dans mes notes : ce Vondermark ne faisait pas partie des membres de l'association qui étaient présents au moment de l'attaque.

Le puzzle était loin d'être terminé, mais j'avais quand-même l'impression d'avoir pas mal avancé. Au même moment le téléphone a sonné.

— Félicitations, jeune homme ! dit une voix de crécelle bien connue. Il vous faut un peu de temps et beaucoup de stimulation, mais après, vous faites très bien les choses. Vous êtes sur la bonne voie. Continuez ainsi !

Et crac, elle raccrocha ! Je regardai Manni en secouant la tête.

— Est-ce que tu vas m'expliquer cela ? Comment savait-elle que c'est juste à cet instant que j'avais découvert quelque chose d'intéressant ?

— Ne recommence pas à gamberger là-dessus, dit Manni, tu sais bien qu'il n'y a pas d'explication logique ! Fais plutôt quelque chose d'utile, par exemple regarder si ce Vondermark est dans l'annuaire téléphonique ou sur internet...

Naturellement il n'y figurait pas. J'appelai donc Angelo qui était mal luné, parce que son enquête n'avançait pas.

— Est-ce que tu peux regarder si un certain Vondermark est fiché chez vous ? Tu te rappelles c'est le nom qui...

— Je ne suis pas encore gâteux ! m'a-t-il interrompu. Imagine-toi que j'ai tout de suite regardé en revenant au commissariat, mais ce gars est totalement inconnu et...

Cette fois, c'est moi qui l'interrompis.

— Tu es un bon policier, Angelo Pedroni, et quand tu auras encore appris à mieux utiliser ta mémoire, tu vas faire une grande carrière ! Ce Vondermark figure sur la liste des membres de l'Association pour l'Épanouissement de l'Âme Chrétienne ! Qu'est-ce que tu dis de cela ?

Angelo émit un long sifflement puis je l'entendis fouiller dans ses papiers. Il y a eu un deuxième sifflement quand il a eu trouvé le nom sur la liste.

— Où se trouve donc exactement l'abattoir dans lequel travaillait Santelli ? ai-je alors demandé.

Angelo me donna l'adresse et aussi le nom du propriétaire : Balthazar Brugnon.

— Tu as déjà été chez lui ?

— Je ne peux pas tout faire ! Mais j'y ai envoyé un de mes hommes, qui n'a rien pu en tirer.

— J'ai lu récemment dans un magazine quel était le Q.I. d'un policier moyen... Alors ça ne m'étonne pas !

Au nom de tous ses collègues, Angelo a dit des choses fort méchantes sur ma mère et raccroché en jurant.

7

L'endroit se trouvait près de la zone commerciale de Vendenheim. J'ai laissé ma voiture près de la rue des Artisans et fait le reste à pieds jusqu'à l'adresse que m'avait donnée Angelo. L'abattoir n'était pas difficile à trouver – il suffisait de suivre une odeur de sang douceâtre et écœurante.

Un mur gris entourait un grand espace dans lequel étaient disséminées plusieurs bâtisses. La plus importante était à l'évidence l'abattoir proprement dit, puisque plusieurs canassons faméliques attendaient devant l'entrée qu'on veuille bien les trucider. Je me trouvais devant un portail, seule ouverture dans ce mur sinistre qui évoquait irrésistiblement l'enceinte d'une prison. Le gardien se trouvait dans une guérite chauffée. En m'approchant, j'ai vu qu'il était en train de tricoter. Je lui ai demandé où je pouvais trouver Balthazar Brugnon.

— Sur votre gauche, tout droit, jusqu'au bâtiment marqué « Bureaux ».

Pendant qu'il parlait, j'étais fasciné par sa dentition chevaline qui déformait son visage et gênait son élocution.

— Est-ce que c'est à cause d'une trop forte consommation de viande chevaline ou êtes-vous réellement un cheval ? ai-je demandé.

Il me regardait tristement avec ses yeux de vieille rosse et secoua la tête d'un air résigné. Sans doute était-il obligé d'entendre ce genre de plaisanteries à longueur de journée. Je hennis pour prendre congé et allai dans la direction qu'il m'avait indiquée. Sur mon chemin, je suis passé devant une boucherie chevaline, ce qui montrait que Brugnon vendait aussi au détail la production de son abattoir. Le magasin était vide et mal éclairé, quelques gros morceaux de barbaque rouge foncé pendaient tristement à des crochets et l'ensemble était à peu près aussi engageant qu'une morgue. À travers la vitre sale je vis un homme qui me fixa pendant quelques instants, puis me fit signe que le magasin était fermé.

Dans le bureau où je pénétrai, il y avait une dizaine d'individus penchés sur leur travail. Ils étaient petits, malingres, gris, marqués par le chagrin et avaient tous l'air, même les plus jeunes, d'avoir au moins cent cinquante ans.

— Que désirez-vous ? me demanda une femme qui avait dû être jadis la maîtresse de Noé.

— Je voudrais voir Balthazar Brugnon.

— Monsieur Balthazar ? dit-elle en pâlissant.

Les cloportes qui peuplaient le bureau me regardaient comme si je les avais menacés des pires supplices.

— Ce n'est pas possible, décréta la femme. Monsieur Balthazar est dans ses appartements et *là* je n'ai pas le droit de le déranger.

— Où sont donc ses appartements ?

Elle regarda avec frayeur en direction d'une porte qui se trouvait à l'autre bout de la pièce et vers le plafond.

— Là et là, chuchota-t-elle,

Je lui donnai ma carte et lui dis avec mon visage à deux centimètres du sien et en roulant affreusement des yeux :

— Écoutez bien, espèce de créature antédiluvienne, je veux parler à votre chef et si vous n'allez pas tout de suite chez lui, je vous pends à un croc de boucher et je vous vends au kilo !

Elle s'est mise en route, tremblante et en me regardant d'un air effrayé. Arrivée devant la porte elle hésita un long moment avant de l'ouvrir. Les autres développèrent tout à coup une activité fébrile, penchés sur leurs dossiers et sans parler. Une longue minute passa avant qu'on entende un cri. Peu après, la maîtresse de Noé revint en se tenant la joue gauche qui déjà commençait à enfler.

— Monsieur Balthazar vous attend, dit-elle en essayant de contenir ses sanglots.

La pièce dans laquelle j'entrai était sombre et à peine meublée. Balthazar Brugnon se tenait debout derrière un petit bureau. C'était un homme d'environ soixante ans, grand, sec et noueux. Il avait les cheveux gris, les sourcils gris, une moustache grise, des yeux gris perçants, un costume gris, bref, il rayonnait la grisaille et inspirait à peu près autant de sympathie qu'une meute de pitbulls.

— Vous traitez tous vos employés de cette façon ? ai-je demandé.

— Ça, ce sont mes affaires, a-t-il répondu sur un ton méchant. C'est moi le patron ici et c'est moi qui décide comment je traite mon personnel. Dans mon entreprise il n'y a pas de syndicat et celui qui n'obéit pas, je le fiche à la porte. C'est clair maintenant ? Vous n'êtes pas de la police, alors qu'est-ce que vous voulez de moi ?

— Pour que les affaires soient claires aussi en ce qui me concerne : je ne fais pas partie officiellement de la police, mais je coopère très souvent avec elle, comme par exemple en ce moment. Si vous voulez une confirmation, vous pouvez appeler le commissaire Angelo Pedroni.

— Que voulez-vous de moi ? a-t-il dit en regardant ma carte sous tous les angles.

— Comme vous pouvez le penser il s'agit de Dominique Santelli. Un héritier potentiel de Santelli est apparu et m'a chargé d'élucider le meurtre. C'est dans ce contexte que je voudrais vous poser quelques questions. D'abord, j'aimerais savoir ce que Santelli a fait exactement chez vous...

— Au début, il travaillait dans l'équipe chargée du découpage des carcasses. J'ai vite constaté qu'il était moins paresseux et moins bête que ses collègues et qu'il pouvait donc être utilisé pour autre chose. Comme vous le savez sans doute, il arrive des accidents lors des courses. Dans les cas graves, les chevaux doivent être euthanasiés sur place. C'est Santelli qui était alors chargé d'acheter ces bêtes pour mon compte et de les transporter jusqu'ici.

— Est-ce que dans l'ensemble vous étiez satisfait de lui ?

— Compte tenu du fait que les jeunes ne valent plus grand-chose de nos jours, je dirais que j'étais assez content de lui.

— Il a donc passé beaucoup de temps sur les champs de course ?

— Ça faisait partie de son boulot.

— Savez-vous s'il jouait ?

— Je n'en ai pas la moindre idée.

— Est-ce qu'il était en relation avec un certain Thaddée Misowski ?

— Je n'ai jamais entendu ce nom.

— Et le nom « Vondermark », ça vous dit quelque chose ?

Brugnon me regarda d'un air étonné et hésita un instant avant de répondre.

— Oui, naturellement, mais je ne comprends pas bien quel lien il peut avoir avec Santelli…

— Parlez-moi simplement de Vondermark, ai-je dit en essayant de ne pas montrer mon excitation.

— Je ne le connais pas bien, nous n'avons que des relations d'affaires. Vondermark possède une papeterie en gros et me fournit tout le matériel de bureau, papier, enveloppes, classeurs, crayons etc. Je répète ma question : qu'est-ce qu'il a à voir avec la mort de Santelli ?

— C'est ce que je voudrais bien découvrir moi aussi et je compte sur votre aide. Avez-vous son numéro de téléphone ?

— Oui, naturellement.

— J'aimerais que vous l'appeliez pour lui dire que vous allez passer chez lui tout de suite. Inventez n'importe quel prétexte, mais ne parlez pas de moi.

— Et qu'est-ce qui va se passer alors ?

— Nous allons y aller tous les deux, vous et moi, et lui préparer une petite surprise !

Brugnon a composé le numéro et activé le haut-parleur pour que je puisse tout entendre. C'est une secrétaire qui a répondu. Brugnon a demandé s'il pouvait parler à son chef. « Oui, c'est sans doute possible. » a-t-elle dit. Après une nouvelle sonnerie, une voix de basse a dit « Allô ? »

— C'est Jacques Vondermark ?

— Lui-même.

— Ici Brugnon. Dites-donc, vous m'avez fourni cinq mille feuilles de papier à lettres avec en-tête et je constate que dans le texte il y a une faute d'impression ! Mais qu'est-ce que c'est que ce travail ? Qu'est-ce que je vais faire, moi, de ce rebut, me torcher peut-être ?

— Mais ce n'est pas possible ! essaya de protester Vondermark. Nous avions un modèle... Quelle est donc cette faute ?

— Et bien vous allez voir vous-même, je vais passer immédiatement chez vous avec un exemplaire. Et ne comptez pas sur moi pour payer un sou !

Brugnon n'a pas eu à forcer beaucoup sa nature pour être désagréable. J'admirais néanmoins l'art consommé avec lequel il avait obtenu le rendez-vous en mettant l'autre dans son tort. Brugnon avait raccroché et me regardait maintenant d'un air méchant.

— Je veux espérer, jeune homme, qu'il s'agit de quelque chose de vraiment important. Je viens de mentir à un homme que je connais à peine et qui ne m'a jamais fait le moindre tort. Ses en-têtes sont toujours parfaites, il respecte ses délais et n'a jamais essayé de me truander. Je ne sais vraiment pas ce que je dois lui dire tout à l'heure.

— Ça, ce sera mon problème ! Vous avez simplement fait un mensonge pieux, car si je ne me trompe pas, ce type est une sacrée crapule. Venez, je suis pressé de le rencontrer !

Nous avons pris la voiture de Brugnon, une vieille Peugeot qu'il avait dû avoir pour sa première communion. J'étais assis à peu près aussi confortablement que dans la charrette avec laquelle le bourreau conduit un délinquant vers le supplice. Heureusement que le trajet était court, le commerce de Vondermark se trouvant en effet dans la zone industrielle de Bischheim.

— C'est au premier étage, dit Brugnon en montant devant moi un escalier sombre et raide qui sentait la colle de bureau et le vieux papier.

Nous sommes tombés sur un jeune homme fort aimable qui nous a indiqué le chemin à prendre pour arriver au bureau du chef : « Tout droit, puis à gauche, puis tout droit, puis à nouveau à gauche, puis tout droit et encore une fois à gauche ! » Mon objection, que dans ce cas nous ne pouvions que nous retrouver à notre point de départ, le laissa perplexe. Il se gratta le menton et fit des efforts désespérés pour comprendre.

— Je vous l'avais dit, tous des débiles ! grogna Brugnon. Venez, je vais essayer de me souvenir...

Nous avons traversé un labyrinthe de couloirs avant de nous retrouver enfin devant une porte sur laquelle était fixée une plaque émaillée : « Vondermark. Frappez avant d'entrer. ».

— Je vais maintenant prendre le commandement, ai-je prévenu Brugnon pour qu'il ne soit pas tenté de tout bousiller avec sa brutalité.

Je suis naturellement entré sans frapper et je l'ai aussitôt regretté, car la femme qui se trouvait dans la pièce avait la jupe remontée jusqu'à la taille et était en train de manigancer après son collant déchiré à plusieurs endroits. Il n'y avait pas de quoi se rincer l'œil : elle avait près du double de l'âge canonique et pesait sûrement plus de cent kilos. Notre arrivée n'a pas semblé particulièrement la déranger, puisqu'elle a tranquillement terminé ce qu'elle avait commencé.

— Que puis-je faire pour vous ? a-t-elle enfin consenti à demander.

— Vous n'avez pas l'air d'être monsieur Vondermark – alors qui êtes-vous ?

— Je suis Ernestine Heinrich.

— Je m'en réjouis beaucoup. Et que faites-vous ici Ernestine ?

— Je suis la secrétaire de monsieur Vondermark.

— C'est passionnant. Et où donc est monsieur Vondermark ? Voyez-vous Ernestine, j'aimerais beaucoup, beaucoup, beaucoup lui parler...

— Ça ne va pas être possible, parce qu'il est parti il y a dix minutes environ. Il avait l'air pressé et m'a dit qu'il était obligé de partir en voyage pour quelques jours et que je devais expédier les affaires courantes.

Je me suis laissé tomber sur une chaise et j'ai juré comme un charretier.

— Arrêtez de profaner le nom du Seigneur, cria Brugnon, en ayant l'air de vouloir me frapper.

Par prudence, je me suis vite levé. J'ai pris sa main, je l'ai secouée chaleureusement en le remerciant pour l'aide précieuse mais malheureusement inutile qu'il m'avait apportée. J'ai encore promis que j'allais prendre sur ma conscience de toute façon déjà largement hypothéquée le mensonge que je l'avais obligé à faire et je l'ai raccompagné jusqu'à la porte. Une fois qu'il fut sorti, je me suis rassis et j'ai continué à jurer.

Ernestine Heinrich a fait un thé et m'en a servi une tasse.

— Buvez, ça vous calmera.

J'ai respiré à fond à plusieurs reprises.

— Vous avez raison, Ernestine. Merci, Ernestine.

J'ai sorti ma flasque qui contenait du vieux cognac. Elle a un peu hésité avant de la prendre.

— Ça c'est pas de la bibine ! a-t-elle constaté en s'essuyant la bouche du revers de la main.

Nous avons bu tranquillement et en silence – une gorgée de thé, une lampée de cognac. J'ai encore une fois passé en revue la dernière demi-heure. Je viens donc chez le patron de l'abattoir. Il se trouve qu'il connaît Vondermark. Je lui demande de l'appeler. Il a avec lui une conversation tout à fait banale que j'ai entendue de mes propres oreilles. Nous sommes venus ici ensemble, Brugnon n'a donc pas pu l'avertir. Est-ce un hasard qu'il parte juste avant que moi j'arrive ? Ou bien s'est-il passé quelque chose qui l'a fait fuir ?

— Ernestine, c'est vous qui avez pris la communication tout à l'heure quand Brugnon a parlé avec votre patron ?

— Naturellement, le téléphone sonne d'abord chez moi au secrétariat.

— Il arrive souvent que les deux hommes s'entretiennent ainsi ?

— Pas souvent, mais de temps à autre.

— Est-ce que quelqu'un a appelé après Brugnon, ou est-ce que votre patron a eu de la visite ?

— Il ne s'est rien passé du tout. Monsieur Vondermark est arrivé comme tous les jours vers neuf heures, il a lu les journaux, puis il a vérifié des factures, puis il est allé déjeuner. Ensuite il m'a dicté quelques lettres, nous avons discuté d'une commande... et puis monsieur Brugnon a appelé. Cinq minutes plus tard il est parti en semblant très pressé. Cela m'a étonnée, car d'habitude ses voyages sont prévus et préparés longtemps à l'avance.

— Est-ce que vous êtes satisfaite de votre chef, Ernestine ?

Elle fit un visage comme si le cognac s'était subitement transformé en eau de vaisselle.

— Pour être franche, il est plutôt du genre emmerdeur si vous voyez ce que je veux dire. Il n'est pas très gentil avec moi, alors que je fais tout le boulot. Et il paie mal !

— Et comment vont les affaires ?

— Pas très fort, à vrai dire...

— Mais alors, pourquoi restez-vous ?

Elle m'a regardé longuement avec un regard triste.

— Qui va encore m'engager à mon âge ? Et il faut bien que je tienne jusqu'à la retraite...

— Ernestine, voulez-vous gagner deux cents euros ?

— Que dois-je faire pour cela ? a-t-elle répondu sans sourciller.

— Rien du tout. Je voudrais seulement inspecter un peu le bureau de votre patron. Je vous promets de n'en parler à personne et de ne pas puiser dans la caisse !

— Si vous trouvez sur tout l'étage ne serait-ce qu'un euro, vous pouvez le garder, dit-elle en riant. Vous avez ma bénédiction pour visiter le bureau – il n'y a de toute façon rien à voir et de plus vous semblez être un type convenable.

— Merci, Ernestine. Voici vos deux cents euros et voici ma licence professionnelle pour que vous sachiez qui je suis. Je vous laisse en attendant mon petit flacon en guise de compagnon.

Ernestine avait dit vrai. Cette pièce froide, sombre, austère qui servait de bureau à Vondermark ne promettait rien au premier coup d'œil et tenait encore moins au second. J'ai tout fouillé avec le plus grand soin, sans trouver le moindre indice. La seule chose qui retint mon attention, c'était un petit carton placé sous le téléphone avec une douzaine de prénoms masculins : Thomas, Armand, Jacques, Michel, David, Edmond, etc. En face de chaque nom il y avait un dessin : une bouteille, une fourchette, une tête de mort, une balance, un ballon, un poignard et plein d'autres objets bizarres. J'ai porté ce carton à Ernestine.

— Savez-vous à quoi ça sert, ça ?

— Je n'en ai aucune idée. Ce carton se trouve à côté du téléphone depuis des années et quand il devient trop sale, Vondermark en confectionne un nouveau. Ne l'emmenez surtout pas, car il remarquerait alors tout de suite que quelqu'un était dans son bureau.

— Ernestine, j'aimerais que vous me donniez encore quelques éléments personnels sur votre chef.

— Il ne parle quasiment jamais de sa vie privée et moi-même je ne suis pas très curieuse de nature. Mais au fil de notre cohabitation, j'ai quand même découvert qu'il a cinquante et un ans, qu'il est imprimeur de métier et qu'il a racheté cette entreprise très bon marché à un type qui était plus ou moins en faillite. Il est marié, mais je n'ai jamais vu sa femme et elle n'appelle d'ailleurs jamais. J'ignore s'il a des enfants. Voilà, je crois que c'est tout…

— Est-ce que vous avez déjà entendu parler d'une « Association pour l'Épanouissement de l'Âme Chrétienne ? »

— Non… Mais j'ai comme l'impression qu'il ne fréquentait pas beaucoup les églises…

— Et maintenant, Ernestine, je vous demande un dernier service : pouvez-vous me donner l'adresse du domicile de Vondermark ?

Elle me la donna. J'ai alors constaté avec étonnement que le bon Vondermark habitait avenue de la Liberté, un des quartiers les plus prestigieux et chers de Strasbourg.

— Ernestine, ai-je dit en prenant congé, je vous suis très reconnaissant. Vous m'avez beaucoup aidé et de plus remonté le moral quand il était au plus bas. En contrepartie, je vous donne un tuyau sûr à presque 100 %. Le commerce de Vondermark où vous travaillez avec tant d'efficacité va bientôt être vendu pour pas cher. Alors, grattez toutes vos économies et empruntez chez vos amis. Si vous remportez le morceau, je vous promets d'acheter dorénavant tout mon matériel de bureau chez vous !

La circulation était dense à cette heure et j'ai bien mis trente minutes pour arriver dans le centre. Cela ne m'a pas dérangé outre mesure, car j'en ai profité pour faire travailler mes cellules grises au maximum de leur capacité. Il était certain que Vondermark avait réussi à s'enfuir. Mais il était tout aussi certain que quelque chose dans mon subconscient pouvait me donner l'explication de cette fuite. Le malheur était que je n'arrivais pas à savoir quoi ! C'est comme si une copie ne correspondait pas exactement à l'original, sans que je sache où résidait la différence. J'en étais presque à souhaiter la réapparition de la douleur dans mon pied droit pour m'amener sur la bonne piste.

Depuis que le stationnement est payant avenue de la Liberté, on trouve toujours de la place. J'ai pu me garer juste devant la maison où habitait Vondermark. Je me targue d'être un peu plus élégant que le Français moyen, mais en pénétrant dans cet immeuble, j'avais l'impression d'être un véritable minable. Mon costume de Brioni avait tout à coup l'air d'avoir été acheté dans un supermarché et les gens que je croisais dans l'entrée et dans l'escalier me regardaient comme si je venais réparer une fuite d'eau.

La bonne qui m'a ouvert portait un tablier blanc plein de dentelles et me toisait de façon méprisante.

— La mendicité est interdite, a-t-elle dit en voulant me claquer la porte au nez.

Mon complexe d'infériorité atteignit alors un point où il se transforma en agressivité. Je donnai un coup de pied dans la porte, pressai cette petite dinde prétentieuse contre le mur et m'essuyai les chaussures mouillées avec son tablier.

— Et maintenant dare-dare, lui ai-je postillonné dans la figure, je veux parler avec madame Vondermark, tu lui diras que c'est la police.

Pendant qu'elle s'éclipsait en pleurant ses illusions perdues, j'admirais comme il se doit l'endroit dans lequel je me trouvais. Tous ces tableaux, meubles, vases, tapis, se situaient à l'évidence au-delà de mon horizon habituel. Je n'ai réalisé que deux choses : qu'ils étaient premièrement, très beaux, deuxièmement très chers.

Et alors apparut madame Vondermark, grande, mince et terriblement distinguée. Elle portait sa quarantaine, sa peau de porcelaine et son tailleur Chanel avec un naturel et une nonchalance qui dénotaient tout de suite son origine : la vieille noblesse anglaise.

— Bonjour monsieur, dit-elle avec un sourire chaleureux et en même temps distant.

— Nicolas Talberg, ai-je répondu en ne sachant pas trop si je devais m'incliner, faire une génuflexion ou lui baiser la main. Je lui ai montré ma licence, mais à une distance telle qu'il lui était impossible de distinguer les détails. Elle n'avait pas besoin de savoir que je n'étais pas un policier « officiel ».

— Prenez place, je vous prie. Souhaitez-vous une tasse de thé ?

Bref, toute notre conversation se déroula sur ce ton, car je n'osai pas lui dire la vérité toute nue, ne sachant pas dans quelle mesure elle était au courant des manigances de son mari. Ce que j'ai peu à peu appris de sa bouche m'a confirmé que j'avais bien fait.

Par principe, elle ne s'occupait donc pas du tout des affaires de son mari. Elle était souvent en voyage et faisait de longs séjours en Grande-Bretagne. L'art était sa passion et elle était membre de plusieurs fondations qui organisaient des expositions ou soutenaient de jeunes artistes. D'après ce qu'elle savait, son mari était « dans les affaires » – le commerce des matières premières et la Bourse. Il lui avait toujours dit qu'il voulait la tenir à l'écart de ces choses sordides qui ne pouvaient que l'ennuyer. Elle lui en était reconnaissante, car effectivement elle ne s'y intéressait pas. « Depuis combien de temps sommes-nous mariés ? Et bien, cela va faire bientôt dix ans. », répondit-elle. Elle avait connu son mari à Cannes, puis revu quelques mois plus tard à Londres. Oui, à sa connaissance les affaires de son mari marchaient fort bien.

Je lui ai raconté des bobards sur une lointaine relation d'affaires de son mari qui était impliquée dans une histoire d'abus de biens sociaux et qui avait cité Vondermark comme témoin à décharge. Mais celui-ci ne semblait malheureusement pas joignable en ce moment.

— Oui, a-t-elle confirmé. Cela m'a surpris : il y a environ deux heures il a téléphoné en semblant très pressé pour m'avertir qu'il était obligé de partir sur le champ – un voyage un peu compliqué dont dépendait beaucoup pour lui, mais qu'il serait de retour dans quelques jours.

— Tant pis, ai-je dit. Il va falloir que j'attende son retour. J'ai hâte de le connaître, car d'après ce que vous avez raconté sur lui, il semble être un homme très intéressant. Est-ce que vous n'auriez pas par hasard une photo ?

Elle rapporta un de ces portraits encadrés que les dames posent sur la table de nuit et qu'elles s'empressent de retourner quand elles attendent la visite de leur amant. C'était un visage insignifiant qui n'inspirait aucun sentiment particulier. Je me suis demandé ce qu'une femme ayant de la classe, comme c'était à l'évidence le cas pour mon interlocutrice, pouvait bien trouver chez un type pareil, mais j'ai en fin de compte préféré ne pas trop me plonger dans les secrets de l'âme féminine. Par contre, j'ai mémorisé aussi bien que possible les traits de cet individu bizarre.

Madame Vondermark n'avait pas repris place, ce que j'ai interprété comme le signe de la fin de l'entretien. En homme du monde, j'ai donc poliment pris congé.

Entre-temps, la nuit était tombée. J'ai enlevé la neige de mon pare-brise et tourné au moins cinquante fois autour de la place de la République en réfléchissant intensément. Ce qui m'interpellait surtout, c'était que Vondermark puisse partager son existence d'une façon aussi parfaite entre son bureau miteux avec la grosse Ernestine et son appartement somptueux avec son épouse aristocratique. D'un point de vue psychologique, c'était assurément une prouesse. Une autre prouesse était le fait que Vondermark, qui aux dires d'Ernestine ne gagnait que quelques euros par mois, puisse entretenir une femme pareille et mener une existence aussi luxueuse. C'était le mystère de cette antinomie qu'il me fallait élucider.

8

Après le thé et les minauderies de madame Vondermark, j'avais besoin d'un peu de chaleur roborative. Je connaissais près du Marché-Gare un restaurant spécialisé dans les abats. Après une salade d'oreilles de cochon, des rognons de veau sautés au cognac et deux bières pression, je me sentais à nouveau d'attaque.

J'ai téléphoné à Angelo Pedroni pour le mettre au courant de la fuite de Vondermark.

— Je vais tout de suite lancer un avis de recherche, a-t-il dit. On le coincera tôt ou tard. Moi aussi, j'ai une petite nouvelle pour toi, a-t-il ajouté. Le médecin légiste qui a fait l'autopsie de Misowski m'a appelé il y a un quart d'heure : Misowski était un toxicomane qui se shootait régulièrement à l'héroïne ! Je vais de ce pas voir mes collègues des stups pour essayer d'en savoir plus.

En entendant cela, un orage de moyenne intensité a éclaté sous mon crâne. Au milieu du tonnerre et des foudres est apparue une tête crûment éclairée. Il était maintenant impérieux de faire une deuxième visite à monsieur Vincent Tuisson, le pieux secrétaire général de « l'Association pour l'Épanouissement de l'Âme Chrétienne ».

Tuisson sembla vaguement décontenancé en me voyant. Il me laissa néanmoins entrer et dit avec un sourire un peu forcé :

— Bien le bonsoir, monsieur l'inspecteur, que puis-je faire pour vous ?

En guise de réponse, il a reçu mon poing dans la figure. Le coup le projeta contre un mur qui ne retarda sa chute que d'une fraction de seconde. Il était K.O. et le sang qui coulait abondamment de son nez et de sa bouche tachait une moquette qui avait dû être posée avant la guerre de 14-18. J'ai déchiré un rideau au moins aussi vieux et avec les lanières j'ai attaché Tuisson sur une chaise.

Quand Angelo avait parlé tout à l'heure de drogue, un film avait été projeté en super-accéléré sur l'écran de mon crâne. La pellicule s'était arrêtée brusquement sur l'image d'un grand type maigre aux pupilles dilatées qui devenait de plus en plus nerveux en jouant avec des balles de tennis. Ce type était Vincent Tuisson et son comportement celui d'un drogué qui attend impatiemment de pouvoir se servir sa ration. J'avais honte maintenant de n'avoir pas déjà à ce moment-là deviné ce qu'il en était. Mais au même instant ce sentiment de honte a été remplacé par une sensation de bien-être extrême qui, partant du pied droit, remplissait bientôt mon corps et mon esprit. Je savais maintenant que j'étais sur la bonne voie !

Entretemps, Tuisson avait repris conscience et me regardait d'un air affolé.

— Où est la drogue ? ai-je demandé.

Il secoua la tête, mais avant qu'il ait pu parler, je lui ai fourré le reste du rideau dans la bouche pour étouffer ses cris. Je me suis mis alors de tout mon poids sur mes talons. Le truc, c'était que les orteils de Tuisson se trouvaient en-dessous.

— Où est la drogue ?

Il émit un râle et me fixa comme si je lui avais demandé de violer sa grand-mère sur son lit de mort. Je continuai à balancer sur mes talons. Son visage devint vert, puis couleur de cendres. Sa raison lui disait « Non, non ! », ses orteils criaient « Si, si ! ». Comme je m'y attendais, les orteils ont gagné. Je l'ai lu dans ses yeux et lui ai enlevé le bâillon.

— Les balles... Les balles de tennis... arriva-t-il à articuler avant de s'évanouir à nouveau.

Elles se trouvaient à la cuisine, dans une de ces corbeilles en osier qui servent à garder les fruits. Certaines étaient vraiment des balles de tennis prêtes à servir, d'autres ne rebondissaient pas quand je les lançais par terre. Ces dernières avaient toutes une fente collée avec du scotch. Je les ai coupées en deux avec un couteau de cuisine. Mon butin : une seringue, cinq aiguilles et vingt-quatre sachets avec une poudre blanche, c'est-à-dire près d'une demi-livre d'héroïne.

Tuisson était en piteux état. Comme tous les drogués, il n'était pas très résistant et supportait les coups du sort aussi mal que les coups de poing. Il geignait, implorait l'aide divine et en même temps maudissait le ciel et tous les saints. À l'évidence, sa vision du monde basée sur l'épanouissement de l'âme venait de faire naufrage. Je lui ai cherché un verre d'eau qu'il a vidé d'un trait. Son corps était parcouru de tressaillements, il passait sans cesse la langue sur ses lèvres et regardait avidement les sachets que j'avais disposés devant lui sur la table. Il était à bout de forces et avait terriblement besoin d'un remontant.

Je me suis assis sur une chaise en face de lui, j'ai allumé une cigarette et lui ai soufflé la fumée dans le visage. Il a demandé s'il pouvait aussi en avoir une. « Non ! » ai-je répondu en continuant à souffler allègrement. Après ma troisième, il s'est mis à trembler de haut en bas, après la cinquième à pleurer comme une madeleine. J'ai ouvert un sachet et j'en ai répandu le contenu sur le tapis. Tuisson criait et suppliait et moi, je continuais à ouvrir et à répandre. À la fin, il ne restait plus qu'un sachet.

— Alors, tu es prêt à parler maintenant ? Je veux savoir ce qui s'est passé avec Misowski et je te propose le marché suivant : ou bien tu me racontes tout et je te laisse ce sachet, ou bien tu refuses et dans ce cas, non seulement je fous cette saleté sur le tapis comme le reste, mais je me remets à maltraiter tes orteils.

Verdun était un jeu d'enfants à côté de la bataille qui se déroulait à présent dans le crâne de Tuisson. Il grimaçait et transpirait à grosses gouttes. J'ai approché ma main du dernier sachet.

— Non ! a-t-il hurlé et ça sonnait comme le cri d'une mère à qui on arrache son nourrisson. Je dis tout ce que je sais ! Mais avant, je veux ma piqûre !

— Non, mon cher, d'abord tu parles et ensuite tu auras ta récompense...

— D'abord la piqûre... Je ne tiens plus le coup.

— Non.

— S'il vous plaît !

— Si dans cinq secondes tu ne commences pas ton histoire, je te fais un lavement avec ce sachet !

Il céda. Qu'est-ce qu'il aurait d'ailleurs pu faire d'autre ? Il parla de façon saccadée et en hésitant souvent, parfois il perdait le fil du récit, parfois il donnait des détails sans intérêt. Je me gardais cependant de le houspiller ou de l'interrompre. Voici en substance son récit.

Quand elle a été fondée, l'association s'occupait effectivement et exclusivement de l'épanouissement de l'âme chrétienne de ses membres. Jusqu'à ce qu'un drogué qui cherchait son salut dans la religion vienne la rejoindre. Puis un deuxième et un troisième. Avec la perspicacité qui caractérise toutes les minorités, ils avaient vite fait de se reconnaître et de se retrouver. À partir de cet instant, ils avaient relégué le bon Dieu au second rang, s'étaient dépannés mutuellement quand l'un était en manque et avaient partagé leurs sources d'approvisionnement. D'autres congénères ont peu à peu élargi le cercle et bientôt la moitié des membres étaient des drogués. Pour se simplifier la vie, ils ont eu l'idée de faire entrer dans l'association un dealer. Désormais, le ravitaillement était assuré et la drogue livrée en quelque sorte à domicile. Le prix de la marchandise était certes élevé, mais celle-ci était de très bonne qualité. En plus, on pouvait en avoir tant qu'on voulait et on ne risquait pas de se faire choper par les flics en achetant au coin de la rue. Ce fournisseur attitré de l'association était Vondermark.

Il y avait une dizaine de jours, il s'était produit quelque chose qui avait mis fin à cet âge d'or. Tout à coup Vondermark ne fut plus capable de livrer, sans que l'on sache pour quelle raison. Ils supposèrent qu'il avait lui-même des difficultés avec ses fournisseurs. En tout cas, chacun était à nouveau livré à lui-même et devait se débrouiller pour trouver sa dose quotidienne. Quelques jours plus tard, Misowski apparut chez Tuisson, bien luné et sans le moindre signe de manque. Il proposa de lui livrer désormais, régulièrement et moins cher, autant d'héroïne qu'il le souhaitait, à condition qu'il n'en parle à personne. Mais lui, Tuisson, avait l'impression que d'autres membres de l'association profitaient eux aussi de la générosité de Misowski. Quoiqu'il en soit, quatre jours plus tard eut lieu l'attaque contre l'association qui, depuis, ne s'est plus réunie.

C'est tout ce qu'il savait. Tuisson me regardait maintenant avec des yeux dans lesquels je lisais toute la détresse du monde. J'ai donc coupé ses liens et lui ai donné le sachet. « Merci. » a-t-il dit en se mettant tout de suite au travail.

Je ne l'ai pas suivi dans la cuisine, mais je le surveillais quand-même par une fente de la porte. Ses gestes étaient rapides et précis, le fait d'être vu lui était complètement égal. Quand il eut terminé, il se laissa tomber dans un fauteuil et ferma les yeux. Désormais, plus rien autour de lui n'existait.

Je commençais à y voir enfin un peu plus clair dans cette histoire. Ce qui s'était déroulé, c'était tout simplement une lutte pour conquérir ce marché juteux que représentait l'Association pour l'Épanouissement de l'Âme Chrétienne. Vondermark en était le fournisseur attitré. Pour une raison inconnue il n'était plus en mesure de fournir la marchandise et Misowski a essayé de s'emparer de sa clientèle. Vondermark l'a fait tuer par Santelli, puis s'est lui-même débarrassé de celui-ci.

Tout cela était naturellement de la pure spéculation et il y avait plein de questions auxquelles j'étais incapable d'apporter des réponses. Pourquoi ce hold-up alors qu'il aurait été beaucoup plus simple de zigouiller Misowski au coin d'une rue ? Qui étaient les complices de Santelli ? Quelle était l'origine de la drogue ? Et puis il y avait encore une question qui personnellement m'intéressait beaucoup : en quoi tout cela concernait-il Erna Federlé et pourquoi voulait-elle absolument que ces deux meurtres soient élucidés ?

9

Angelo et moi étions assis dans les fauteuils de Tuisson en savourant le cognac que nous avions trouvé dans son bar. Il ne pouvait pas nous en vouloir, car les hommes d'Angelo l'avaient embarqué tout à l'heure. J'ai suggéré qu'il était grand temps de nous entretenir avec Vondermark.

— Ça c'est une idée géniale et joliment formulée, ironisa Angelo. Mais toi et moi ne voulons quand même pas être présents aux barrages routiers ou traîner dans la gare et à l'aéroport, n'est-ce pas ? Alors, nous allons tranquillement rester ici et continuer à boire cet excellent cognac. Dehors, il fait désagréablement froid et si je ne me trompe pas, il va encore neiger cette nuit.

Nous avons donc poursuivi notre petite beuverie. Puis subitement j'ai eu une illumination.

— Angelo, je pense à quelque chose...

— Ça fait mal ?

— Arrête tes conneries. Essaie plutôt de te représenter ta vie avec Clara. Admettons que tu sois accro à l'héroïne, crois-tu qu'elle ne le remarquerait pas ?

— Elle l'aurait même remarqué avant moi ! Mais si ta question est destinée à savoir si un drogué peut cohabiter avec une femme sans que celle-ci soit au courant, je te répondrai que je considère cela comme totalement impossible.

— Et Misowski alors ?

— Nom de Dieu, s'écria Angelo, Suzy Vogelsang !

— Évidemment ! Suzy savait que Misowski se droguait et peut-être même qu'il s'était mis à dealer.

Angelo avait déjà enfilé son manteau et battu le rappel de ses troupes. Nous n'avons pas mis dix minutes pour arriver chez Suzy, heureusement, car le chauffage de la voiture de police ne fonctionnait pas. Il était près de minuit et il nous parut normal de devoir sonner plusieurs fois.

— Peut-être dort-elle avec des boules Quiès, a dit Bercant.

— Elle n'a sûrement pas besoin de cela, ai-je répondu en me sentant de plus en plus inquiet.

Nous avons réveillé le concierge pour nous faire ouvrir la porte de l'immeuble, puis nous avons sonné à l'appartement, sans succès. Angelo a collé son œil contre l'espion.

— Si elle est sortie, elle a oublié d'éteindre la lumière, a-t-il constaté. Qu'est-ce qu'on fait maintenant ? Il faut que je demande au procureur l'autorisation...

— Je l'emmerde le procureur, ai-je dit, on ne va quand même pas attendre jusqu'à demain ! Laissez-moi faire.

J'ai sorti mon passe électronique et après vingt secondes la porte s'est ouverte.

Les petites lampes à la lumière si sympathique que Suzy avait disposées partout étaient toutes allumées. Les fauteuils tellement confortables regardaient d'un air apaisant. Dans la chambre, le lit était ouvert, la table roulante pleine de chocolats et de bonbons attendait à côté, des vêtements, de la lingerie, des collants étaient disséminés un peu partout comme la dernière fois que je m'y étais trouvé. Tout était calme et silencieux.

Bercant revenait de la cuisine en secouant la tête. Angelo était devant une porte qu'il n'arrivait pas à ouvrir.

— C'est quoi, ici ? demanda-t-il.

— La salle de bains, ai-je répondu.

— Comment le sais-tu, espèce de cochon ?

— Écoute, je ne suis pas d'humeur à plaisanter, alors, ouvre enfin !

— Mais la porte est barricadée de l'intérieur et il n'y a pas de trou de serrure ! Essaie donc de te rappeler comment on s'enferme dans cette putain de salle de bain...

— Tant que je me souvienne, il y a juste un loquet. Est-ce qu'on ne peut pas, avec une lame de couteau, essayer de le soulever ?

— Non, impossible, il n'y a pas de fente, a dit Angelo en prenant son téléphone. Je ne sais pas ce qu'il y a derrière la porte, alors pas question de l'enfoncer. Je fais venir toute l'équipe et aussi, par mesure de prudence, l'ambulance. Mais si on ne trouve rien on aura l'air ridicule.

Je souhaitais de tout cœur qu'on se rende ridicule. Pendant qu'Angelo téléphonait, je me suis approché de la porte et j'ai dit à voix basse :

— Suzy, Suzy, c'est moi, Nico Talberg, tu m'entends ?

Je n'ai pas eu de réponse.

Les voitures sont arrivées avec leurs sirènes en action. Quand nous avons ouvert la porte de l'appartement, l'administrateur hors-classe et sa femme se trouvaient déjà sur le palier. Elle avait enfilé une robe de chambre verte sur sa chemise de nuit rose et enroulé ses cheveux sur une vingtaine de bigoudis bleus.

— Je l'ai toujours su, dit-elle d'une voix méchante quand les policiers ont monté les escaliers. Ça devait arriver avec cette personne sans pudeur ! Quelle honte pour notre maison !

— Allez au diable, espèce de vieille connasse ! ai-je crié, fou de rage. Si vous n'avez pas disparu dans deux secondes, je vous fiche au trou !

Les spécialistes se sont mis au travail avec leurs appareils compliqués.

— Vous pouvez entrer maintenant, ont-ils dit après un quart d'heure.

Angelo et moi avons poussé la porte.

J'avais l'impression d'entrer dans une buanderie tellement il faisait chaud et humide. Je me suis immobilisé et ce que j'ai vu s'est fixé dans mon cerveau comme sur une plaque photographique, avec les moindres détails et sans que je sois obligé de faire l'effort de les mémoriser : à gauche, un chauffage d'appoint fonctionnant à plein régime et dirigé vers la porte devant laquelle le sol était mouillé ; à droite un tabouret avec le peignoir de Suzy soigneusement replié et ses mules rouges bien alignées, un autre tabouret avec un verre, une bouteille de whisky à moitié vide, un bac à glaçons, un tube ouvert avec plein de somnifères répandus un peu partout, par terre une lame de rasoir pleine de sang ; au centre, la baignoire avec le corps sans vie de Suzy.

Elle était rose, dodue, mignonne encore jusque dans la mort. Il y a douze heures à peine, elle était assise sur mes genoux, joyeuse de vivre et entreprenante. J'ai senti monter la nausée et suis sorti rapidement de la pièce. Je savais où trouver les alcools. Je bus un schnaps pour calmer mon estomac et un autre pour étouffer mon envie de chialer. Le troisième et le quatrième c'était pour me redonner un peu de courage.

Angelo s'est assis en face de moi.

— Il n'y a pas de doute, a-t-il dit, c'est un suicide. La porte était verrouillée, la fenêtre fermée de l'intérieur, et il n'y a pas d'autres possibilités de sortir de la pièce. Suzy Vogelsang s'est donc enfermée vers vingt heures, a avalé des somnifères, bu du whisky, puis elle s'est couchée dans la baignoire et s'est entaillé le poignet gauche. Sous l'effet des somnifères et de la chaleur du bain, elle a dû s'endormir avant de se vider de son sang. On va maintenant fouiller l'appartement, peut-être a-t-elle laissé une lettre d'adieu...

Je n'ai pas participé aux recherches. Ils n'ont trouvé ni lettre, ni journal intime, ni autre indice. Rien. Les circonstances étaient claires. Trop claires.

— Je me demande pourquoi elle a fait cela, juste au moment où nous voulions l'interroger, a dit Angelo. Peut-être était-elle désespérée à cause de la mort de Misowski ? Ou peut-être avait-elle peur de quelque chose ? Mais parle donc, tu es là à ruminer dans ton coin. Qu'est-ce qu'on doit faire à présent ?

— Si tu veux encore te promener à l'Orangerie par ce beau temps, vas-y, mais sans moi. Je rentre me coucher, on se reparle demain matin.

J'ai pris un taxi pour rentrer. En guise de dîner j'ai pris un somnifère et je me suis couché dans la foulée. Sur le chemin du sommeil j'ai sans cesse dérapé. Je croyais sombrer et me retrouvais chaque fois dans les limbes où l'imagination bat la breloque. Je tournais dans tous les sens, cherchais entre les draps des endroits frais, m'étouffais sous les couvertures. J'essayais de faire le vide en moi, mais toujours Suzy réapparaissait d'une façon ou d'une autre. Hier j'avais fait l'amour avec elle, ce matin, je l'avais encore embrassée et caressée. Suzy était morte. Il y a longtemps que je ne crois plus en l'Au-delà et j'ai été trop souvent en contact avec la mort pour qu'elle puisse encore m'inspirer de la frayeur. Suzy joyeuse et jouisseuse, nichée dans son appartement douillet comme une perle dans son huître, saisissant avidement tous les plaisirs qui passaient à sa portée, Suzy assise dans sa baignoire en train de s'entailler le poignet avec une lame de rasoir... Je me dressai dans mon lit comme si j'avais été piqué par une guêpe. Il y a quelque chose qui cloche ! Suzy était aussi faite pour se suicider que moi pour entrer au couvent. Suzy et le suicide ça ne colle tout simplement pas. En cas de chagrin ou de souci, elle se serait empiffrée de chocolat et de gâteaux ou aurait dragué un beau mec dans un bar. Suzy ne s'était pas suicidée.

Je me suis levé pour boire un grand verre de lait. J'ai fait les cent pas dans mon appartement, de temps à autre je m'arrêtais pour regarder par la fenêtre des flocons épars se noyer dans les eaux noires de l'Ill. Au loin, la lune entourée de nuages sombres semblait accrochée au sommet de la flèche de la cathédrale. Brusquement, j'ai su que c'était un meurtre : Suzy était gauchère et c'est donc le poignet droit qui aurait dû être tailladé et non le gauche !

Pourquoi ce détail ne m'avait-il pas frappé tout à l'heure ? Mais si c'est un meurtre qu'on voulait maquiller en suicide, comment le ou les assassins ont-ils fait pour fermer la porte de l'intérieur ? Il faut qu'il y ait une explication rationnelle !

Le somnifère agissait avec retardement et je commençais à me sentir vaseux. Une fois recouché, je me suis à nouveau coltiné des faits qui ne collaient pas les uns avec les autres, des objets dont le sens ou l'utilité m'échappaient. Dix fois, vingt fois, cent fois l'image de la salle de bains. La barre pour suspendre serviettes et draps de bain. Le tapis de bain par terre devant la baignoire. Le filet qui coulait du robinet d'eau chaude, diluant de plus en plus l'eau rouge du bain. La fenêtre fermée avec les rideaux opaques tirés. La lame de rasoir par terre. Les mules. La flaque d'eau près de la porte. Les tabourets avec le peignoir, le whisky, le bac à glaçons plein d'eau, l'énorme chauffage d'appoint dirigé vers la porte, le loquet...

Je me suis réveillé en sursaut. Les objets et les meubles avaient dansé un ballet sauvage dans mon cerveau. Tout à coup quelques-uns se rassemblèrent dans un ordre logique. Était-ce dans un rêve ou dans la réalité ? Peu importe, tout cela donna subitement un sens... Oui, c'était peut-être la solution... C'était *la* solution !

J'ai allumé la lumière. Il était cinq heures et j'avais dormi une heure à peine. Mon lit ressemblait à un champ de bataille et mon pyjama était littéralement mouillé tellement j'avais transpiré. Je savais maintenant comment le meurtrier avait procédé. J'ai repassé tout le scénario au crible de ma raison et je n'ai trouvé aucune faille, aucune ombre. Il était six heures quand j'ai à nouveau éteint. J'ai immédiatement plongé dans un sommeil calme et réparateur.

10

Comme je n'étais pas pressé le lendemain matin, je suis allé à pied jusqu'à mon bureau pour voir mon courrier et tout raconter à Manni.

— Pauvre fille, a-t-elle dit en apprenant la mort de Suzy Vogelsang. Au moins a-t-elle encore eu une petite joie la veille de sa mort…

— Pas si petite que ça, ai-je grogné.

Mais par piété je n'ai pas voulu approfondir le sujet.

Je suis allé chercher ma voiture qui était restée devant la maison de Tuisson. Elle était recouverte d'une fine couche de neige dans laquelle quelqu'un avait écrit avec le doigt « T'es un con ! ». J'ai écrit en dessous « Toi aussi ! » et j'ai démarré. Il faisait un peu moins froid qu'hier, et les flocons qui dansaient autour de moi annonçaient des chutes plus importantes pour la soirée.

Angelo était assis à côté du chauffage et fumait la pipe, ce qui d'habitude est le signe d'une grande perplexité.

— Il y a du nouveau pour Vondermark ? ai-je demandé en sachant d'avance sa réponse.

— Rien du tout. Peut-être s'est-il déguisé en père Noël et se laisse-t-il photographier avec des enfants devant les magasins de jouets ? Par contre j'ai les résultats de l'autopsie de Suzy Vogelsang. Les raisons de la mort tu les connais, pour le reste, tout est normal : elle n'était ni droguée, ni enceinte et n'avait pas de maladie. Son corps était resté environ trois heures dans l'eau avant…

— Est-ce que par hasard elle n'avait pas une plaie à la tête.

— Comment le sais-tu ? s'est étonné Angelo. Mais c'est exact ! Le médecin signale en effet qu'elle avait une petite bosse à l'arrière du crâne. Il pense qu'elle était assise dans la baignoire et tombée en arrière au moment de perdre connaissance. Son crâne a alors dû cogner contre…

— C'est pas la peine de poursuivre, l'ai-je interrompu, la bosse provient d'un coup que le meurtrier lui a asséné ! C'était l'indice qui me manquait. Si tu avais connu Suzy comme moi – et par Dieu, je te l'aurais souhaité, car je veux toujours du bien à mes amis – tu aurais compris qu'elle était totalement incapable de se suicider. Ce n'était tout simplement pas dans sa nature ! Quelqu'un a assommé Suzy et fait ensuite toute cette mise en scène pour faire croire à un suicide. Elle a eu une belle mort, elle était inconsciente quand on lui a tranché les veines, elle a sombré peu à peu dans le néant sans s'en rendre compte… Mais si j'attrape le salaud qui a fait cela, je lui…

— Tu es fou, Nico Talberg, complètement fou ! Le chagrin t'a fait perdre la raison ! Et en admettant même que ta théorie soit juste, comment il a fait, le soi-disant meurtrier, pour sortir de la salle de bains ?

— C'est justement ce que je voulais te montrer. Viens, on y va !

Tout en me regardant d'un air incrédule, Angelo a quand même appelé Bercant. Pendant le trajet nous n'avons pas échangé un mot, mais je le voyais qui m'examinait comme pour s'assurer que je n'étais pas devenu complètement maboul.

Dans la cage d'escalier plusieurs femmes caquetaient comme des poules, commentant sans doute les événements de la veille, toutes des femmes « respectables » dans les visages desquelles l'envie et l'insatisfaction avaient laissé des traces profondes. En me voyant, l'épouse de l'administrateur hors-classe tira une gueule comme si elle avait mordu dans un citron et disparut à toute vitesse. Devant l'appartement de Suzy un agent montait la garde, occupé surtout à résoudre les mots croisés du Moniteur de la police. À l'intérieur, le parfum de Suzy arrivait encore tout juste à couvrir – mais pour combien de temps encore – l'odeur de la mort.

J'enlevai mon manteau et me mis au travail. Depuis hier, la température n'avait pas beaucoup baissé dans la salle de bains. Je laissai néanmoins couler l'eau chaude très fort pour reconstituer l'atmosphère de buanderie. Puis, toujours suivi par Angelo et Bercant, j'allai à la cuisine. Dans le congélateur, j'ai trouvé plusieurs bacs à glaçons identiques à celui de la salle de bains. J'ai choisi deux glaçons bien gros et de plus soudés l'un à l'autre.

Je me trouvai maintenant devant le fameux loquet qui avait verrouillé la porte de l'intérieur. La clenche fixée sur celle-ci venait par rotation se bloquer dans le mentonnet vissé au bord du chambranle. J'ai incliné la clenche juste assez pour que la porte puisse encore s'ouvrir, mais pour l'empêcher de tomber dans le mentonnet, j'ai mis les glaçons sur la boîte du mécanisme de rotation.

Angelo et Bercant me regardaient faire avec la plus grande attention, mais sans comprendre encore où je voulais en venir.

— Si les glaçons cèdent, la clenche, entraînée par son propre poids, s'insère automatiquement dans le mentonnet et bloque la porte, ai-je expliqué. Et comment les glaçons céderont-ils ? En fondant, tout simplement ! Et pour fondre il faut de la chaleur, c'est la raison pour laquelle le meurtrier avait allumé le chauffage d'appoint et orienté le débit d'air chaud vers la porte…

— La flaque d'eau près de la porte ! s'exclama Angelo.

— Exactement ! Et maintenant nous allons procéder à la vérification de ma théorie…

J'ai mis en marche le chauffage réglé au maximum et dirigé l'air vers le loquet. Bercant était chargé de surveiller l'opération et surtout de nous rouvrir si celle-ci réussissait. Angelo et moi sommes sortis en fermant précautionneusement la porte pour que les glaçons ne tombent pas.

— C'est bon, a dit Bercant à travers la porte, les glaçons se mettent déjà à goutter !

Assis sans parler dans des fauteuils, Angelo et moi ressemblions à ces hommes qui dans les maternités attendent l'arrivée de leurs rejetons. De temps à autre, je jetais un coup d'œil discret à ma montre. Après un quart d'heure, j'ai commencé à m'impatienter, après une demi-heure, j'ai senti l'inquiétude monter en moi, après une heure, j'ai pensé « Voilà, c'est foutu, ça n'a pas fonctionné. ». Au même moment, on entendit le « Hourra ! » de Bercant.

Nous nous sommes précipités à la porte : elle était bel et bien verrouillée. Bercant nous a ouvert en me regardant avec admiration. Angelo m'a assené une formidable claque sur l'épaule.

— Nico, tu es quand même le plus doué de nous deux ! Pour te marquer mon estime, je t'offre une semaine de consommations gratuites dans mon bistrot favori.

Je fis tout de suite bon usage de cette offre généreuse en les invitant à prendre l'apéritif. Nous avons chacun bu deux Kir Royal à la mémoire de Suzy et juré de pendre haut et court son meurtrier. Que celui-ci s'appelle Vondermark ne faisait aucun doute pour nous. Mais pourquoi l'avait-il tuée ? Sans doute pour éviter qu'elle me raconte quelque chose que je ne devais pas savoir. Vondermark savait que j'étais à ses trousses. J'étais chez lui vers dix-sept heures et Suzy a été tuée peu après vingt heures. Mais pourquoi camoufler cela en suicide, alors qu'il avait abattu Santelli sans prendre ce genre de précaution ?

— Il faut que je retourne au commissariat, a dit Angelo. Je déjeune chez les Libs, on peut s'y retrouver tout à l'heure...

Je n'étais pas mécontent de rester seul pour pouvoir cogiter tranquillement. À peine Angelo et Bercant étaient-ils partis que le type derrière le comptoir se mit à crier : « Téléphone pour Nico Talberg ! Y a-t-il quelqu'un ici qui s'appelle Nico Talberg ? » Je croyais naturellement que c'était Angelo et j'ai failli tomber à la renverse en entendant la voix de crécelle bien connue.

— Alors, comment se présente la situation ? Je crois que vous avez déjà bien travaillé ce matin...

— Dois-je faire mon rapport ?

— Pourquoi vous posez des questions stupides – évidemment !

— Vous m'avez chargé de tirer au clair le meurtre de Misowski. Résultat : le meurtrier s'appelle Dominique Santelli. Vous m'avez également chargé de trouver celui qui a tué le prénommé Santelli. Résultat : il s'agit d'un certain Vondermark...

— Est-ce que vous avez des preuves ?

— Euh... Vondermark a pris la fuite...

— Je ne veux pas de suppositions ou de spéculations, mais des preuves tangibles qui peuvent convaincre les jurés d'une cour d'assises.

— Permettez ! Vondermark était un dealer et a fourni de l'héroïne à la moitié des membres de cette secte à la noix ! Si la drogue que j'ai trouvée hier soir chez Tuisson n'est pas une preuve, je veux...

— Est-ce que cette drogue provenait de Vondermark ?

Là elle m'a coincé.

— Non, c'est Misowski qui la lui avait fournie. Mais justement, il y avait une rivalité entre les deux au sujet de ce marché juteux. Santelli a donc été chargé par Vondermark de tuer Misowski...

— C'est vous qui supposez cela !

Ses objections constantes me tapaient sur le cocotier, d'autant plus que je savais qu'elle avait au fond raison.

— N'avez-vous donc pas encore compris, a-t-elle poursuivi, que le nœud de toute cette histoire c'est la drogue ?

— Si, madame la sorcière, je l'ai compris ! Mais premièrement, Vondermark s'est tiré des flûtes, et deuxièmement, Suzy Vogelsang a été assassinée hier soir... Ne m'interrompez pas ! Surtout ne me chargez pas d'élucider ce meurtre – je le fais de toute façon et en plus gratis !

— À cause des belles heures passées avec elle, dit-elle.

Au ton de sa voix je compris qu'elle était en train de ricaner. Je voyais sa bouche hideuse se tordre dans un rictus fielleux, ce qui me mit littéralement en fureur.

— Non, ai-je crié, parce que Suzy était une chic fille ! Mais ça, c'est quelque chose qu'un être comme vous ne peut pas comprendre. N'ayez aucune inquiétude pour vos mille euros par jour – vous en aurez pour votre argent. Je me demande d'ailleurs pourquoi vous avez engagé un médiocre comme moi, alors que vous savez tout.

— Ça, c'est mon petit secret, a-t-elle répondu avec un rire qui m'écorcha les oreilles. Mais vous semblez avoir mal compris : je suis jusqu'à présent tout à fait satisfaite de vos services...

Au même moment cette sensation d'extase extrême se répandit à nouveau dans tout mon corps. J'aurais pu crier de plaisir.

— ... Avez-vous remarqué combien je suis satisfaite de vous ? Je veux simplement éviter que vous vous reposiez maintenant sur vos lauriers... Ou que vous vous engagiez dans une impasse. Non, j'ai vraiment confiance en vous. Je suis sûre que vous y arriverez.

Elle raccrocha et je me retrouvai une fois de plus comme l'élève qui vient d'être à la fois réprimandé et félicité par son professeur. Je suis allé au comptoir.

— Un double martini, ai-je dit au patron. Et n'oubliez pas que ça va sur le compte d'Angelo Pedroni.

11

Le gigot d'agneau aux flageolets que Lilli Libs a posé sur la table nous a fait saliver à mort. Quand enfin elle a eu servi tout le monde, nous avons fondu sur nos assiettes comme le vautour sur la charogne. Nous nous sommes resservis une fois, deux fois, trois fois et j'ai encore réussi à m'emparer du dernier morceau, la souris, au moment où Angelo s'apprêtait à l'embrocher avec sa fourchette.

Après on s'est vautrés dans les fauteuils, la ceinture défaite et en rotant d'aise.

— Qu'est-ce que tu offres à Manni pour Noël ? me demanda Lilli.

J'ai bafouillé quelque chose d'incompréhensible dans ma barbe, car les femmes sont incapables de garder un secret et une surprise n'en est plus une si on la connaît déjà dix jours avant.

— Tu sais quoi, a poursuivi Lilli d'un air détaché, tu devrais simplement lui offrir une alliance, c'est quelque chose qui fait toujours plaisir aux femmes.

— Si déjà je franchis le Rubicon, je te prendrai toi... because la bouffe !

— Fichez-moi le camp maintenant, espèce de goinfres fainéants ! J'ai encore à faire, moi...

— C'est aussi notre cas, a dit Angelo, malheureusement nous ne savons pas par où ni comment commencer.

— Ça, c'est des excuses vaseuses, a décrété Lilli. Regardez Jean, lui aussi vient toujours demander s'il doit cuire des petits pains longs ou ronds. Mais quand il est devant son pétrin avec les six ouvriers autour de lui, il trouve immédiatement la solution. Vous êtes à deux, partagez-vous donc le boulot ! C'est pourtant simple...

Angelo et moi, nous nous regardions avec un étonnement feint.

— Tellement simple..., dit Angelo

—... et vachement malin, ai-je poursuivi.

— Cette femme...

—... est une vraie perle...

—... la sagesse sort de sa bouche...

—... et notre ami Jean...

—... a vraiment de la chance...

—... d'être tombé sur un trésor pareil !

— Maintenant ça suffit, a crié Lilli, hors de ma vue et que ça saute ! Et toi, mon cher mari, arrête de rire bêtement et file en direction du fournil. L'Hôtel de l'Empire a commandé pour ce soir six cents petits pains, des petits pains ronds pour être précis. Allez, tout le monde au boulot !

On s'est mis bien au chaud dans la voiture d'Angelo dont le chauffeur avait laissé tourner le moteur. Nous avons tenu un conseil de guerre, pas très fructueux, je le reconnais. Pour l'instant, nous ne pouvions rien faire d'autre que, premièrement, rechercher Vondermark, deuxièmement, savoir d'où provenait l'héroïne.

— Où est Tuisson en ce moment ? ai-je demandé.

— Il est dans une section fermée de la psychiatrie à Stephansfeld.

— Tu crois que la cure de désintoxication a déjà commencé ?

— Ça m'étonnerait, il n'a été hospitalisé que ce matin.

— Tu crois que je pourrais encore une fois lui parler ?

Angelo appela ses collègues des stupéfiants, puis le directeur de la clinique qui donna son accord pour une brève visite.

Je quittai l'atmosphère moelleuse de la voiture de police pour m'engouffrer dans mon frigidaire. Je mis le chauffage au maximum, mais sur l'autoroute un vent du nord aussi violent que glacial empêcha le moteur d'atteindre une température suffisante pour réchauffer l'habitacle. Bref, en arrivant je claquais des dents et étais vachement heureux de pénétrer dans ce bâtiment surchauffé comme le sont tous les hôpitaux. L'odeur de ces établissements, un mélange de désinfectant, d'éther et de maladie, m'a toujours écœuré. Aussi, me trouvant seul dans le couloir qu'on m'avait dit de prendre, j'ai vite allumé une cigarette. Quand une porte s'ouvrit subitement, laissant passer une vieille infirmière à l'allure d'adjudant-chef, je n'ai pu faire autre chose que de la cacher derrière mon dos. Peine perdue.

— Il est strictement interdit de fumer ici, jeune homme ! Est-ce que vous pensez aux malades et au personnel médical qui est obligé de respirer vos saloperies ? Et à votre propre santé, vous y avez pensé ? L'artérite, l'infarctus, le cancer ?

J'éteignis la cigarette sur la semelle de ma chaussure pour la remettre dans le paquet. J'écoutais d'un air penaud les remontrances qu'elle me faisait à juste titre. Par réflexe, je lui tendis le paquet que j'avais en main. Elle a regardé la marque, puis d'une chiquenaude a fait sortir une cigarette, se l'est plantée entre les lèvres et a extrait de sa blouse un briquet qui aurait facilement pu servir de lance-flammes durant la dernière guerre mondiale. Tout en fumant comme un pompier, elle m'a entraîné vers un bureau. C'est alors que j'ai remarqué le badge sur sa blouse : « Docteur Grimmeisen ».

— Mais c'est avec vous que j'ai rendez-vous ! ai-je dit avec stupéfaction.

Sur sa table, il y avait un énorme cendrier contenant au moins une vingtaine de mégots.

— C'est votre ration de la journée ? n'ai-je pu m'empêcher de demander.

— Non, de cet après-midi !

— Et l'artérite, le cœur, les poumons ?

— Vous savez, dit-elle en haussant les épaules et en allumant une autre cigarette, en psychiatrie c'est ça ou la camisole ! Mais parlons business. Comme vous n'avez pas l'air dérangé là-haut, vous devez être ce monsieur Talberg qui désire s'entretenir avec un certain Tuisson...

— Docteur, votre perspicacité est stupéfiante et due sûrement à l'action bénéfique de la nicotine.

— Merci, je vous accorde un quart d'heure. Venez...

Elle me conduisit dans une sorte de cellule, sans fenêtre et sans mobilier. Le sol et les murs étaient recouverts d'un matériau qui semblait être du caoutchouc. Après quelques instants un infirmier haut de deux mètres et presque aussi large a fait entrer Tuisson. Il l'a installé sur une espèce de pouf et s'est lui-même adossé au mur sans cesser de nous surveiller.

Depuis la veille, Tuisson avait vieilli d'au moins vingt ans. Sa démarche était hésitante, ses membres s'agitaient sans cesse et son visage ressemblait à un petit tas de cendre grise. Il me regardait d'un œil vide et ne semblait même plus avoir assez de force pour me haïr. J'avais pitié de lui, car je savais qu'il avait encore le plus dur devant lui.

— Est-ce qu'on te donne quelque chose ? ai-je demandé.

— Un tout petit peu, mais c'est de la vraie merde que dehors on n'oserait même pas vendre deux euros les cent grammes ! Je ne le supporterai pas quand commencera le vrai sevrage... Je me pendrai à la première occasion !

— Là, tu auras des problèmes, dit le malabar en rigolant, je te surveillerai comme le lait sur le feu. On va bien s'amuser tous les deux au cours des prochaines semaines !

— N'écoute pas ce que raconte ce sale con, ai-je dit à Tuisson. Crois-moi, ça va être beaucoup moins pénible que tu ne le penses. Beaucoup d'autres sont déjà passés par là et n'en sont pas morts. Après, tu pourras à nouveau mener une vie normale...

Mes encouragements ne devaient pas être très convaincants, car Tuisson se mit à pleurer. Je lui donnai une cigarette. Le malabar voulut protester, mais il a dû lire dans mes yeux qu'il valait mieux pour l'instant ne pas me chatouiller les bonbons. Il haussa les épaules et commença à se nettoyer les ongles avec un cure-dents.

Tuisson avait fumé sa cigarette en même pas une minute. Je lui en ai donné une deuxième qu'il fuma avec des bouffées normales. Quand il fut un peu calmé, j'ai commencé mon numéro.

— Tu t'es vraiment mis dans de sales draps. L'héroïne, c'est déjà grave, mais raconter des bobards aux flics au sujet de Misowski ! Après ta cure, tu vas avoir d'autres ennuis et te retrouver carrément au trou. Mais on va voir ce qu'on peut éventuellement faire pour toi...

— Qu'est-ce que vous voulez savoir ? a demandé Tuisson qui avait tout de suite compris de quoi il retournait.

— Qui a fourni l'héroïne à Vondermark ?

— Je ne le sais pas ! Je jure que je ne vous mens pas ! De toute façon je m'en fous maintenant des conséquences, je vous le dirais, si je le savais.

— Écoute, tu sais comment ça se passe. Entre celui qui fabrique la poudre et celui qui la consomme, il y a toute une série d'intermédiaires... Alors, je vais poser la question autrement : avant que Vondermark apparaisse, qui donc vous a fourni la marchandise, à toi et aux autres membres de l'association ?

Tuisson sembla interloqué.

— C'était Metzger et Wendling, a-t-il dit après un instant. Et il est sûr que ces deux-là et Vondermark se connaissaient. Quand parfois Vondermark était un peu serré, il me disait toujours de m'adresser à eux. Tu n'as pas besoin de t'inquiéter pour la qualité, m'a-t-il dit une fois, leur marchandise provient de la même source que la mienne.

— Mais Metzger et Wendling ne font pas partie de l'association ?

— Absolument pas ! Ils ont leur propre clientèle. Je pense qu'ils n'ont fait que lui rendre de temps à autre un petit service et à l'occasion, lui, a dû leur renvoyer l'ascenseur.

Tout cela produisait une musique fort agréable à mes oreilles. J'étais persuadé que Tuisson disait la vérité et qu'il ne savait rien d'autre. Il ne fit aucune difficulté pour me donner les adresses des deux types. Je lui ai souhaité bon courage pour les jours à venir et lui ai refilé en douce mon paquet de cigarettes et les allumettes. Ce fut un geste purement symbolique, parce que je savais que dès le début du traitement on allait l'entraver sur son lit.

Une fois dehors, j'ai tout de suite appelé Angelo pour lui demander de vérifier si Paul Metzger, antiquaire, et Gaston Wendling, conseiller fiscal, étaient fichés par la police. Je suis allé me réfugier dans un café à Brumath pour boire une bière. À la télévision passait un défilé de mode avec pleins de modèles dont la plus corpulente devait à peine peser trente-cinq kilos. « C'est pas baisable, ça ! », ont décrété les hommes qui m'entouraient au bar. J'étais justement en train de rêver aux formes généreuses de Suzy quand Angelo a rappelé : aucun des deux hommes n'était connu de la police.

J'ai pris le chemin du retour. De la voiture j'ai appelé Manni pour lui demander de fermer le bureau et de m'attendre devant le Sofitel. Dix minutes après, je l'ai récupérée et me suis garé en double file sur le parking, place Saint-Pierre le Jeune. Je lui ai raconté tout ce que j'avais appris et je l'ai mise au courant du rôle qu'elle devrait jouer, à savoir servir d'appât. Manni est très habile à ce jeu, elle arrive toujours à entortiller suffisamment les hommes pour obtenir d'eux les informations dont j'ai besoin, tout en réussissant à ne pas s'engager sur le plan physique. Une fois les choses ont failli mal tourner : un type était sur le point de la violer quand, alerté par un pressentiment, j'ai surgi pour lui casser vite fait les deux bras.

Il n'est pas facile de se garer au Finkwiller. Aussi j'ai dû tourner une bonne demi-heure avant de trouver une place dans la rue même où se trouvait le magasin de Metzger.

J'ai suivi Manni à bonne distance, puis, quand elle a été entrée, j'ai fait semblant de regarder les vitrines. Je l'ai vue discuter avec un homme d'une soixantaine d'années, mal fringué et plutôt insignifiant. Le magasin était d'ailleurs plus une brocante qu'un vrai antiquaire.

J'ai traîné aux alentours jusqu'à ce que Manni réapparaisse avec un gros paquet dans les bras. Un miroir Charles X moche comme tout « qu'il m'a laissé avec 40 % de réduction », précisa Manni.

— J'espère que tu pourras mettre cet achat sur la note de frais ! Tout s'est passé comme sur des roulettes. J'ai tourné dans le magasin à la recherche d'un cadeau pour une amie. Il m'a accompagnée pour me montrer plusieurs choses, j'ai alors enlevé mon manteau au prétexte que j'avais trop chaud. À partir de ce moment il n'a quasiment plus regardé autre chose que mes nichons que j'ai naturellement bombés le plus possible. Il m'a ensuite offert un porto, a parlé longuement de sa femme défunte et pour finir m'a invitée à dîner ce soir... J'ai essayé de le pousser sur tel ou tel sujet, mais visiblement c'est un type extrêmement prudent. Par contre, il y a quelque chose qui va t'intéresser : tu m'avais parlé hier d'une liste que Vondermark avait à côté de son téléphone, avec des prénoms et des dessins bizarres. Et bien, à côté du téléphone de Metzger se trouve exactement la même...

12

— Quoi ? ai-je crié.

Dans la seconde même, j'ai mis le contact et démarré à toute allure.

— Il y a le feu quelque part ? dit Manni en se cramponnant à son siège. Et pourquoi tu as cet air béat ?

Elle ne pouvait pas savoir que mon pied droit, celui qui appuyait si brutalement sur l'accélérateur, était à nouveau envahi par cette sensation d'extase extrême que je connaissais maintenant si bien.

J'ai tout à coup *compris*. Ce qui m'avait dérangé hier chez Vondermark, ce petit quelque chose qui ne collait pas avec cet autre petit quelque chose, devenait subitement clair comme de l'eau de roche. Le principe du moins, les détails restant encore dans le vague. Mais cela n'avait pas d'importance : un peu de concentration, un peu de réflexion logique, et j'aurai trouvé.

La rue René Hirschler longeait le Contades et je n'ai donc eu aucune peine à me stationner.

— Tu vas maintenant monter chez monsieur le conseiller fiscal Wendling, Gaston pour les dames, et refaire le numéro de tout à l'heure. Tu n'as qu'à lui dire que tu as hérité d'un demi-million et que tu veux truander les impôts. La seule chose qui m'intéresse, c'est de savoir si Wendling possède également cette liste.

Pendant qu'elle était chez ce type, j'ai fermé les yeux et posé la tête sur mes bras croisés appuyés sur le volant. Qu'est-ce qui ne colle pas, qu'est-ce qui m'a échappé ?

— Vous ne vous sentez pas bien ? demanda une femme en cognant contre la vitre.

— Oui, ai-je répondu furieux, je suis bourré et bientôt je vais dégueuler !

Je me suis replongé dans le noir, essayant de retrouver le fil de ma réflexion. Vérifier chaque élément. Observer à la loupe le moindre détail...

— Puis-je parler ?

Manni était assise à côté de moi et souriait.

— Quand tu réfléchis intensément, tu as l'air d'un angelot – à croquer ! Alors, ça a marché. Ce soir après le dîner, il m'invite à discuter de mon héritage au « Polichinelle » – ce genre de problème, prétend-t-il, se règle beaucoup mieux dans un bar et en dansant ! Pour ce qui est de la liste, elle figure aussi en bonne place à côté du téléphone.

— Ça y est, j'ai trouvé ! ai-je hurlé. Le combat commence !

Malgré la neige qui s'était remise à tomber, et rendait la chaussée glissante, j'ai roulé à tombeau ouvert, grillant au mois dix feux rouges.

— Où sommes-nous ? demanda Manni quand la voiture s'est enfin immobilisée après une glissade de cinquante mètres.

— Au premier étage de cette maison se trouvent les bureaux de Vondermark. Viens !

Nous nous sommes arrêtés devant la porte et j'ai pointé mon doigt sur une des plaques.

— Quel nom est inscrit sur cette plaque ?

— Joseph Vondermark. Mais pourquoi demandes-tu cela ?

— S'il y a marqué Joseph Vondermark, il y a fort à parier qu'il s'appelle vraiment ainsi. Mais alors, pourquoi Brugnon l'a-t-il au téléphone appelé *Jacques* Vondermark ? Ça ne m'avait pas frappé à ce moment-là, mais ça s'est quand même ancré quelque part dans mon cerveau... Pour ressortir tout à l'heure ! Bon, et maintenant on va monter chez mon amie Ernestine Heinrich.

Comme chaque fois qu'il était question d'une femme que je fréquentais sans que Manni la connaisse, elle a tiré la gueule. Mais sa mine s'est éclaircie quand elle a vu le quintal et demi d'Ernestine.

— Ernestine, est-ce que je peux vous présenter ma collaboratrice Manni Gastonet ? Ernestine, votre chef n'a pas par hasard donné signe de vie ? Non ? Bon, le contraire m'aurait étonné. Ernestine, vous êtes sûrement d'accord pour regagner encore deux cents euros ?

Sans dire un mot, Ernestine a tout de suite ouvert la porte du bureau de Vondermark. Manni et moi nous sommes directement dirigés vers le téléphone. La liste était là.

— Ce sont exactement les mêmes noms et les mêmes signes que chez Metzger et Wendling, a dit Manni.

— Et maintenant regarde ce qu'il y a à côté du nom « Jacques » ? Une tête de mort ! Et que signifie une tête de mort dans tous les pays civilisés ?

— Danger de mort, fiche le camp, a répondu Manni.

— Et Vondermark a effectivement fichu le camp, et à grande vitesse. Pendant ce temps, moi je me suis cassé la tête ici, pour savoir comment il avait pu être informé de ma venue.

Le système est malin et d'une extrême simplicité. Tous ceux qui sont impliqués dans ce trafic ont toujours cette liste à portée de main. Chaque prénom a une certaine signification, en relation naturellement avec l'héroïne. « Jacques » par exemple est le signal d'alarme, les autres signifient peut-être « Fais ta commande. », ou « La livraison arrive. », etc, les initiés pouvaient ainsi communiquer sans danger, même si leurs lignes étaient sur écoute. La fuite de Vondermark est la preuve que le système fonctionne parfaitement bien !

— Cela signifie alors... dit Manni, toute excitée.

— Parfaitement ! Cela signifie que cette canaille bigote de Balthazar Brugnon est impliquée dans l'affaire jusqu'au cou. Enfin j'ai une piste sérieuse... Tu vas voir à quelle allure nous allons avancer maintenant !

J'ai déposé Manni devant un café pour qu'elle puisse appeler un taxi, puis j'ai filé en direction de Vendenheim.

Mon ami le gardien au visage de cheval était toujours là. Il me 'a reconnu et salué en hennissant. J'ai henni en retour en passant devant lui.

L'immense cour, ceinturée de murs et de bâtiments gris, me paraissait plus sinistre encore que la dernière fois. Je pouvais déjà situer l'abattoir, les écuries, la boucherie, les bureaux, le logement de Brugnon. Mais je n'avais pas encore inspecté le côté droit de la cour où se trouvait un petit bâtiment qui semblait mener une existence indépendante. De fait, il s'agissait d'un bistrot, installé au rez-de-chaussée, avec un appartement au premier étage. À droite et à gauche de la porte d'entrée, il y avait deux grandes vitrines opaques sur lesquelles on avait marqué à la peinture blanche le prix des consommations. Ce qui a surtout retenu mon attention, c'était une plaque en laiton fixée au bas de la porte. Les caractères étaient minuscules, comme si on avait honte de vendre des boissons alcoolisées. J'étais obligé de me baisser pour arriver à lire : « Café de l'Ascension – Prop. Valentin Brugnon ».

J'avais apparemment trouvé là un deuxième sujet pour alimenter ma conversation avec Balthazar.

13

Dans le grand bureau, les larves grises m'ont tout de suite reconnu. La maîtresse de Noé a blêmi et s'est penchée sur son travail en simulant une activité fébrile. Personne ne bougeait ou parlait...

— Alors, ça vient ? ai-je crié et cela a résonné dans leurs oreilles comme un coup de tonnerre... Je veux à nouveau parler avec votre garde-chiourmes et je suis encore plus pressé que la dernière fois !

— Aujourd'hui je ne monte pas chez lui, a gémi la femme, un autre n'a qu'à le faire...

Ces gens me faisaient pitié. Je me suis tourné vers un homme qui avait l'air de n'être castré qu'à moitié. Je lui ai tendu un billet de cinquante euros.

— C'est bien payé pour une gifle, d'accord ? Allez simplement le voir et dites-lui que je veux lui parler. Peut-être est-il mieux luné aujourd'hui...

— Il est toujours de mauvaise humeur, a-t-il répondu d'une voix tremblante, mais en empochant le billet.

Quand il est revenu, son visage rayonnait. Peut-être n'y avait-il pas eu de coups ou avait-il pu esquiver à temps.

— Monsieur Balthazar vous attend dans son appartement, a-t-il dit.

J'ai failli éclater de rire en voyant Brugnon. Il portait un maillot de bain comme on en voit sur les cartes postales des années vingt. Debout devant une fenêtre ouverte, il faisait des exercices de gymnastique en comptant à haute voix. Sans faire attention à moi, il agitait frénétiquement ses membres osseux et velus dans l'air glacial. Pour terminer, il a fait cinquante flexions des genoux et autant de pompes. Avec un gant en crin il s'est ensuite frictionné énergiquement tout le corps.

— Même avant le début de la saison de foot je ne m'entraîne pas d'une façon aussi intensive, ai-je dit. Confiez-moi le secret de votre forme étonnante – est-ce parce que vous mangez beaucoup de viande de cheval ?

— Je n'apprécie pas du tout vos remarques soi-disant humoristiques. À soixante-cinq ans, je suis robuste et endurant comme un jeune de vingt ans, tandis que vous, à mon âge, vous aurez l'air d'une épave... Si tant est que vous soyez encore en vie ! Est-ce que vous croyez que ces sous-hommes dans le bureau en bas sont capables de faire cinquante pompes ? Même pas la moitié et le plus âgé n'a pas quarante-cinq ans !

— Ça veut dire que vous les surchargez de travail. Au fait, les inspecteurs du travail n'ont jamais trouvé à redire à vos méthodes ?

— Le dernier, je l'ai foutu moi-même à la porte, a dit Brugnon en me mettant son énorme paluche sous le nez. De toute façon, ces types sont tous vénaux !

Nous avons cessé de parler pendant qu'il enlevait son maillot ridicule et se rhabillait. Une fois arrivés dans son bureau, il me demanda d'un ton hargneux :

— Qu'est-ce que vous voulez de moi cette fois-ci ? Est-ce que je dois à nouveau mentir à quelqu'un ?

— Ce Vondermark auquel vous avez raconté hier un mensonge est recherché aujourd'hui par la police pour trafic de drogue et meurtre...

— C'est pas possible ! Il avait pourtant l'air d'un type honnête...

— Vous ne trouvez pas étrange qu'il disparaisse juste au moment où je voulais l'interroger ? Comme vous étiez avec moi chez lui, j'ai pensé que vous aviez peut-être remarqué quelque chose d'anormal. Croyez-vous qu'on peut avoir confiance en sa secrétaire ?

— Je n'en sais rien, moi ! Je m'occupe de mes employés, pas de ceux des autres. Et de toute façon, tout cela ne me concerne pas...

— Quand-même, Santelli a bien travaillé chez vous et je sais beaucoup de choses sur lui que vous ne savez apparemment pas.

— Est-ce que c'est un reproche ?

— Pas du tout ! Mais comme Vondermark s'est échappé, je suis par la force des choses obligé de m'occuper à nouveau de Santelli. Pour être tout à fait honnête avec vous, je ne sais plus très bien comment poursuivre mon enquête et je fouille un peu partout pour trouver une piste valable...

Il y eut de nouveau une longue période de silence. J'ai allumé une cigarette, Brugnon s'est mis à tousser et a ouvert ostensiblement la fenêtre. J'en ai profité pour jeter mon mégot.

— À propos, ai-je dit en montrant le bâtiment en face, tout à l'heure en passant, j'ai vu un bistrot qui appartient à un certain Valentin Brugnon. Est-ce que par hasard c'est un parent à vous ?

Brugnon fit une tête comme si on lui avait servi pour le dîner un caleçon trempé dans du vinaigre.

— C'est mon jeune frère.

— Jeune comment ?

— Il a cinquante-neuf ou soixante ans, je crois. Un vrai bon à rien, la honte de notre famille ! Mon père – Dieu ait son âme – aurait dû le traiter plus durement encore...

— Votre père semble avoir été un homme sévère...

— Jeune homme, cette entreprise a été créée par mon père il y a soixante-quinze ans. À l'époque, il fallait avoir du cran pour réussir dans la vie en n'ayant pas un sou en poche. Mon père était un géant qui pouvait tuer un cheval d'un seul coup de poing. Il travaillait seize heures par jour sans jamais prendre de congé. Il était honnête et pieux, et je ne l'ai jamais vu rire. Il nous a éduqués à la dure, on recevait des coups pour la moindre vétille, à manger que quand on avait beaucoup travaillé. Ce régime a fait de moi un homme droit et laborieux. Mon frère par contre est devenu un vaurien qui ne mérite même pas de respirer l'air que notre Seigneur dans sa bonté dispense à l'humanité. Peu avant sa mort, mon père a fait la seule erreur de sa vie : il a légué ce bistrot à Valentin. Jamais il n'aurait dû être séparé du reste de l'héritage...

— Je suppose que c'est vous qui avez hérité de ce reste...

— Qui d'autre ? D'abord je suis l'aîné et ensuite, je suis le seul à pouvoir diriger cette entreprise à la façon et dans l'esprit de mon père. Valentin l'aurait menée à la faillite en peu de temps, croyez-moi. Il n'est même pas capable de gérer convenablement son bistrot, bien que n'importe quel idiot puisse vendre de la bière !

— Pourquoi continue-t-il alors ?

— Parce que je l'y oblige ! Croyez-vous que je veux avoir un étranger dans l'enceinte de l'entreprise ? Valentin veut foutre le camp depuis longtemps, mais je l'en empêche. Il a été assez bête pour emprunter de l'argent pour soi-disant moderniser sa gargote. Or, ce qu'il gagne ne suffit même pas à payer les intérêts de son emprunt et moi, je n'ai nullement l'intention de lui donner les deux cent mille euros dont il aurait besoin pour éponger ses dettes.

— Il n'arrive jamais qu'il se rebiffe ?

— Se rebiffer ? dit Brugnon avec dans la voix un profond mépris. Ai-je l'air de quelqu'un contre qui on se rebiffe ?

J'avais, moi, une forte envie de lui casser le nez, mais je me retins.

— Dites, monsieur Brugnon, est-ce qu'il arrive que vos ouvriers fréquentent son bistrot ?

— Oui, c'est fort possible.

— Ça veut dire que Santelli a également pu y aller. Est-ce que nous pourrions y faire un saut, je voudrais poser quelques questions à votre frère à son sujet.

À l'intérieur, le local était encore plus minable qu'à l'extérieur et depuis la mort du vieux Brugnon aucun peintre n'y avait mis les pieds. Les murs étaient sales, le plafond lépreux, le plancher complètement usé. Une odeur écœurante de fumée froide, de bière éventée et de mauvaise cuisine flottait entre les tables en bois et les sièges en plastique. Dans un coin était assis un type qui regardait d'un œil vitreux deux mouches nager le crawl dans sa bière. Un peu plus loin, un homme contrefait avait disposé vingt pièces d'un euro sur la table et recommençait sans cesse à les compter. Son cas était désespéré, car il ne savait compter que jusqu'à sept. C'était la totalité de la clientèle du Café de l'Ascension.

Valentin Brugnon était debout derrière le comptoir. La ressemblance avec Balthazar était évidente. Il avait les mêmes yeux gris, les mêmes cheveux gris, la même peau grise. Mais ses traits étaient plus mous et l'expression de son visage moins brutale. Il faisait l'effet d'être une version ratée de son grand frère. Quand il a vu celui-ci, il est devenu plus gris encore et s'est mis à essuyer nerveusement le comptoir avec un chiffon.

À côté de lui se trouvait l'être le plus insignifiant que j'ai jamais vu. Deviner que c'était une femme constituait déjà de ma part une performance. Elle devait mesurer 1 mètre 40 à peine, elle était ratatinée et rabougrie comme une plante qui aurait poussé dans la cave d'une prison. En la regardant plus attentivement, on pouvait deviner que ses traits s'étaient au fil des années littéralement momifiés sous l'effet du chagrin et de la peur. Son visage ressembla tout d'un coup à celui d'une souris qui se trouve en face d'un boa. Et le boa était de toute évidence Balthazar Brugnon. La souris fit des efforts désespérés pour se rendre plus minuscule encore et, n'y arrivant pas, se cacha derrière le dos de Valentin.

— Qu'est-ce que tu fous ici, Adèle Federlé, cria Balthazar, ne t'avais-je pas interdit de venir dans ce tripot ?

Il se pencha par-dessus le comptoir, la tira de sa cachette et la déposa sur une armoire haute de deux mètres. La terreur se lisait sur son visage et d'une voix stridente elle se mit à supplier :

— S'il te plaît Balthazar, descends moi de là, s'il te plaît !

J'ai commencé à en avoir assez et je l'ai redescendue aussi facilement qu'il l'avait montée. Balthazar a fait un geste comme s'il voulait se précipiter sur moi.

— Je boxe mieux que vous, l'ai-je averti, mais si vous voulez essayer, je serais ravi...

Il est arrivé à se maîtriser, mais avait l'air furieux.

— Ça, c'est *ma* femme et c'est *moi* qui décide où elle doit être, par terre ou deux mètres en l'air !

Puis, s'adressant à sa femme :

— Toi, dépêche-toi de rentrer ! Nous en reparlerons ce soir, tu peux en être sûre.

Des larmes coulaient sur les joues creuses de la femme quand elle décampa à toute vitesse. Balthazar se tourna vers son frère.

— Espèce de connard ! Tu sais que je lui interdis de venir ici et pourtant tu la laisses entrer. Je t'ai défendu de lui donner de l'alcool. Et qu'est-ce que c'est, là, dans son verre ? De la limonade peut-être, ou un cordial ? Allez, réponds petit crétin !

Il prit le verre et le lança avec son contenu dans la glace pendue au mur. Le miroir éclata en mille morceaux et l'alcool éclaboussa la veste de Valentin. Écumant de rage, Balthazar jeta par terre tous les verres qui se trouvaient à sa portée.

— Et je te préviens, si je surprends encore une fois Adèle ici, chez toi, je démolis toute la baraque et toi par la même occasion ! Et maintenant réponds aux questions que va te poser cet homme.

Cet homme, à savoir moi, n'avait qu'une envie : casser la gueule de ce salaud. Mais je me suis retenu, en me promettant de me rattraper à la première occasion. Valentin n'avait pas dit un mot pendant toute la scène et n'avait même pas osé enlever sa veste mouillée. Il me regardait maintenant d'un air inquiet.

Je lui ai rapidement expliqué qui j'étais et ce que je voulais. Il a répondu d'une voix traînante et prudente, étonné sans doute qu'il ait le droit de parler en présence de son frère.

Il connaissait Dominique Santelli qui venait ici une ou deux fois par semaine. Mais il ne lui parlait pas beaucoup et ne savait rien de lui. Parfois, Santelli venait avec d'autres personnes, mais c'étaient toujours des gens qui travaillaient à l'abattoir.

— Et quand est-ce que Thaddée Misowski était ici avec lui ? ai-je demandé sournoisement

— Qui est-ce ? Je ne connais personne qui s'appelle ainsi...

J'en avais pour l'instant terminé avec lui. De toute façon, je ne m'attendais pas à apprendre ici grand-chose sur Santelli. Balthazar Brugnon m'intéressait maintenant beaucoup plus.

— Bon, c'est fini ces discussions, décréta Balthazar. Je vous avais bien dit que cet imbécile ne vous serait d'aucune aide. Je vous ai accompagné, bien que je sois toujours obligé de me mettre en colère quand je viens ici. Et toi, tu as intérêt à ne pas oublier ce que je t'ai dit tout à l'heure.

14

Une fois dehors, Balthazar Brugnon et moi avons marché en silence jusqu'au bâtiment principal. Je sentais littéralement comme il avait envie de me voir tourner les talons, mais je ne voulais justement pas lui faire ce plaisir.

— Si ça ne vous dérange pas, je voudrais encore faire un tour dans l'abattoir pour poser l'une ou l'autre question à certains de vos ouvriers...

— Pour ne rien vous cacher, vous commencez sérieusement à me faire braire ! Vous croyez que je n'ai rien d'autre à faire que de me promener avec vous ?

— Vous préférez peut-être que la police fasse le tour à ma place ? Je vous garantis que dans ce cas, ça durera beaucoup plus longtemps.

Brugnon me regarda sans même essayer de cacher la haine qu'il éprouvait pour moi. Je m'attendais à une explosion de colère, mais finalement, après avoir réfléchi quelques secondes, il se dirigea vers le premier bâtiment en me faisant signe de le suivre.

— Je suis sûr que vous êtes un passionné des automobiles, dit-il avec un sourire sarcastique qui rendait son visage encore plus laid.

Nous nous trouvions dans un garage où il y avait quelques vieilles voitures de livraison. Elles étaient peintes en rose et entre deux têtes de cheval hilares était écrit en caractères verts : BRUGNON & FILS.

— Vous avez un fils, vous ?

— Ces voitures datent du temps où mon père et moi-même dirigions l'entreprise ensemble.

Dans un coin était stationnée la Peugeot 403 avec laquelle Balthazar m'avait conduit chez Vondermark. Dans la salle attenante était stocké le fourrage à en juger d'après une odeur désagréable de vieux foin fermenté et d'avoine pourrie. Si l'on servait ça aux chevaux pour leur dernier repas, on n'avait plus besoin ensuite de les tuer !

De là on passait dans les écuries où attendaient une trentaine de bêtes qui semblaient avoir perdu toute joie de vivre. Et pour cause : dans le hangar suivant on était justement en train d'en occire quelques-unes. Un type leur mit une sorte de revolver sur le front et appuya sur la gâchette. Le cheval tomba comme foudroyé. Immédiatement, un autre introduisit une mince tige souple en métal d'environ deux mètres de long dans le trou, et à travers la cervelle, la poussa dans la moelle épinière. Un troisième donna un coup de couteau dans la carotide, tandis qu'un quatrième attacha des chaînes aux pattes arrières. Les bêtes pendaient maintenant à des poulies qui glissaient dans les rails fixés au plafond. Quand elles eurent perdu leur sang, on les poussa dans le prochain espace pour l'équarrissage.

Dès que Balthazar apparaissait quelque part, les ouvriers s'appliquaient davantage et cessaient de bavarder. Je leur posai les questions habituelles : avez-vous connu Santelli ? Le fréquentiez-vous régulièrement ? Que savez-vous sur lui ? Aucun ne fut capable de me donner une information intéressante.

Cela ne me dérangea pas outre mesure, car la véritable raison de ma visite était de bien connaître les lieux.

— Tout cela est parfaitement inutile, a dit Brugnon, la plupart des gens n'ont même pas connu Santelli, parce qu'ils ne faisaient pas encore partie du personnel quand il travaillait ici. Sauf quelques très rares exceptions, je fiche en effet mes ouvriers à la porte après deux ans et les remplace par des nouveaux. Comme cela, ils ne commencent pas à revendiquer ou à demander des augmentations !

Entre-temps, les chevaux avaient été dépouillés de leur peau et pendaient nus et vaguement obscènes à leurs crochet. On les poussa à nouveau dans un autre espace pour être éventrés et vidés. En pénétrant dans ce local, j'ai failli me trouver mal : les gens pataugeaient littéralement dans les viscères qu'ils venaient d'extraire du ventre des animaux.

Plus loin encore, les corps des chevaux, devenus entre temps complètement méconnaissables, étaient débités à la scie, puis transportés, toujours accrochés à des crochets, dans une énorme chambre frigorifique. Les hommes qui travaillaient là étaient habillés comme des esquimaux et le froid glacial qui m'accueillit m'enleva toute envie d'y pénétrer.

Nous étions maintenant presque arrivés au bout de cette enfilade de bâtiments qui communiquaient tous les uns avec les autres. Nous sommes encore passés par le laboratoire du vétérinaire, la salle des douches pour les ouvriers et enfin, par une pièce où l'on préparait la viande et la charcuterie vendues directement dans la boucherie que j'avais déjà repérée dans l'enceinte de l'entreprise. Un des trois hommes qui y travaillaient avait un gros pansement autour de la tête.

— Vous êtes tombé dans la machine à hacher ? ai-je demandé.

Il voulut répondre, mais Balthazar ne lui en laissa pas le temps.

— Il est tombé dans l'escalier, parce qu'il était bourré, c'est bien fait pour lui !

L'homme ouvrit la bouche pour protester, mais avant qu'il ait pu dire un mot Balthazar se mit à crier.

— Tes histoires d'ivrogne ne nous intéressent pas, espèce de fainéant ! Est-ce que tu as déjà nettoyé le chaudron ? Alors au boulot avant que je ne démolisse le reste de ta carcasse !

Nous ne sommes plus revenus dans son bureau. Je l'ai remercié du temps précieux qu'il avait sacrifié pour moi, non sans laisser entendre que je serais peut-être bien obligé de revenir une troisième fois. Sans dire un mot, il m'a tourné le dos et s'en est allé, la rage au ventre. Pour ma part, je me suis dirigé d'un pas résolu vers la sortie. Mais quand j'ai été hors de sa vue, j'ai bifurqué vers la gauche pour aller rejoindre directement le Café de l'Ascension.

Les mouches tournaient toujours en rond dans le verre de bière et le type qui comptait les pièces d'un euro n'avait toujours pas terminé son boulot. Valentin était en train de ramasser les derniers morceaux de la glace. Il ne sembla pas très content de me voir. Il ouvrit la porte et jeta un coup d'œil inquiet en direction de la maison de son frère.

— Vous pouvez être rassuré, ai-je dit, Balthazar ne sait pas que je suis revenu ici. Il fait sacrément froid dehors, est-ce que je pourrais avoir un grog bien tassé ?

Je l'ai laissé préparer tranquillement le breuvage en me collant le derrière contre le chauffage. Après quelques minutes, il posa le verre fumant sur le comptoir.

— Votre frère était passablement furieux tout à l'heure. Il était simplement énervé, parce que je l'importune depuis hier avec ce Santelli. Mais il faut bien que moi aussi je gagne ma vie, n'est-ce pas ?

Valentin approuva en hochant fortement la tête.

— Mmm… excellent, votre grog ! Quand je pense que Balthazar a prétendu que vous n'étiez même pas capable de gérer convenablement ce bar…

Valentin devint tout rouge.

— … J'ai de toute façon l'impression qu'il exagère beaucoup, votre frère. Je suis sûr que votre père savait ce qu'il faisait en vous léguant ce bar.

— S'il n'avait tenu qu'à Balthazar, j'aurais pu crever comme un chien ! s'exclama Valentin. Mais dites-moi un peu, pourquoi est-ce que vous êtes revenu ?

Des années pleines d'humiliations avaient apparemment rendu Valentin méfiant à l'égard de tous ceux qui étaient en contact avec son frère.

— Pour être tout à fait honnête, ai-je répondu avec la mine que j'ai d'habitude quand je ne le suis pas du tout, j'ai un peu honte de ce qui s'est passé tout à l'heure, et je voudrais m'excuser auprès de vous. Tout était de ma faute, si je n'avais pas…

Il me coupa la parole.

— C'est ce salaud de Balthazar qui est coupable, monsieur, et personne d'autre ! C'est un individu sans égard pour qui que ce soit et d'une brutalité extrême. Il vous a donc parlé de notre père. Mais vous a-t-il dit aussi combien il avait rendu la vie difficile au vieux durant ses dernières années ? Au point que celui-ci s'est pendu… C'est sûr notre père nous a élevés durement, mais une fois qu'il est devenu le patron, Balthazar s'est vengé de façon abjecte. De guerre lasse, le vieux a voulu le déshériter, mais Balthazar a réussi à obtenir un certificat médical le déclarant fou. Au moment d'être interné, il a préféré en finir ici-même dans l'entreprise qu'il avait créée. Et vous a-t-il également parlé de l'hypothèque qui grève ma maison ? Vous a-t-il dit que c'est lui qui la détient et non pas les banques ? Je suis prêt à rembourser peu à peu, mais il exige toujours la totalité de la somme. Et au début de chaque trimestre il vient ici se faire payer des intérêts qui ne cessent de gonfler. Ça lui fait plaisir de me harceler ainsi... et moi j'ai tout simplement peur de lui ! Il est capable de tout et ça ne m'étonnerait pas si un matin je me réveillais avec la gorge tranchée.

— Et pourquoi ne foutez-vous pas le camp ?

— Que puis-je faire à mon âge et sans argent ? Je n'ai pas de métier et je n'y connais rien en affaires. Oui, si j'étais débarrassé de l'hypothèque, je pourrais vendre cette maison et ouvrir quelque part dans le sud un petit restaurant...

Je lui ai dit combien tout cela était triste et combien je compatissais.

— Est-ce que je peux encore avoir un grog ? Et faites-en tout de suite un deuxième pour vous-même. Ça va sur mon addition, naturellement. À propos, je voulais encore vous demander quelque chose : comment ça se passe avec sa femme ?

— Adèle ? Mais c'est une sainte, un ange ! Pouvez-vous imaginer comment c'est quand on est obligé de vivre avec Balthazar ? La vie d'Adèle est un véritable enfer, monsieur ! Vous avez vu ce qui s'est passé tout à l'heure ? Pourtant l'alcool lui fait du bien, il lui permet d'oublier. Bon, il est possible que parfois elle boive un peu trop, mais honnêtement, est-ce qu'on peut lui en vouloir ?

— Vous l'aimez bien ?

— C'est un être merveilleux, si délicate, si sensible. Sa vie a été détruite par ce salaud !

— Dites donc, elle est bien sa femme légitime ?

— Naturellement ! Hors mariage, Balthazar ne toucherait jamais une femme...

— Pourquoi l'a-t-il appelée Adèle Federlé ?

— C'est son nom de jeune fille. Il l'appelle toujours ainsi quand il veut l'humilier. Dans sa famille, ils sont tous un peu dérangés de la tête... Mais pas Adèle !

Tiens, tiens, tiens, une Federlé. Ça peut être un simple hasard, mais je ne crois pas tellement au hasard... Et pour ce qui est d'être un peu dérangé dans la tête, ça colle aussi !

— Je ne veux pas être indiscret, après tout c'est quand-même votre frère, mais est-ce que Balthazar a eu des démêlés avec Santelli ?

— Ils n'étaient en tout cas pas en bons termes. Il y a une dizaine de jours, Balthazar l'a une fois terriblement engueulé... Mais je ne sais pas pourquoi.

Plusieurs des ouvriers que j'avais vus tout à l'heure sont arrivés et ont commandé des bières. Valentin a été obligé de s'occuper d'eux et moi, je ne voulais pas que Balthazar apprenne que j'avais fait une deuxième visite à son frère. Aussi ai-je payé les trois grogs et me suis-je éclipsé le plus discrètement possible.

15

Quelques flocons isolés dansaient gracieusement *la Mort du Cygne* dans la lumière des lampadaires. Le vent s'était calmé, mais la température avait sensiblement baissé et la rue était quasiment déserte. J'ai choisi une entrée de garage obscure d'où je pouvais observer le portail de l'abattoir sans être vu moi-même. Les ouvriers sortaient par petits groupes, mais se dispersaient rapidement pour aller rejoindre leurs voitures ou l'arrêt du bus. J'ai dû attendre près d'une heure avant que mon homme apparaisse. Avec son gros pansement autour de la tête il était difficile de le rater. Il a pris congé de ses collègues et poursuivi son chemin seul. Je l'ai suivi à bonne distance pendant un bon moment avant de l'aborder.

— Est-ce que je peux vous inviter à prendre un verre ?

Il ne semblait pas tellement disposé à faire la conversation.

— Vous êtes le type qui a fait le tour avec Brugnon...

— Exact ! Je voudrais m'entretenir avec vous et je trouve qu'on est mieux dans un lieu bien chauffé...

Il a hésité un instant, puis m'a guidé ensuite vers un café qu'il connaissait à proximité. Quand nous avons été installés confortablement devant un vin chaud, je lui ai montré ma carte professionnelle et expliqué que j'étais venu chez Brugnon à cause de Santelli. C'était un homme grand et solidement charpenté avec un visage ridé et plutôt sympathique. J'avais le sentiment de pouvoir lui faire confiance.

— Comment vous appelez-vous ?

— Paul Jacob. Si ça vous intéresse : je travaille dans cette boîte depuis deux ans, mais certainement plus pour très longtemps !

— J'avais tout à l'heure l'impression que Balthazar n'avait pas très envie que je parle avec vous. Savez-vous pourquoi ?

— Je n'en ai aucune idée. Vous n'êtes donc pas de la police et ça, ça ne vous intéresse donc sûrement pas.

En disant cela, il montra son pansement. Là, il se gourait : c'est justement « ça » qui m'intéressait furieusement.

— Est-ce que vous êtes vraiment tombé dans l'escalier, complètement saoul, comme le prétend Brugnon ?

— Monsieur, a répondu Jacob avec une mine offensée, est-ce que j'ai l'air de ne pas tenir sur mes jambes, même en ayant bu ?

Je lui ai juré qu'il ne donnait pas du tout cette impression. C'était justement pour cette raison que l'explication de Brugnon m'avait parue bizarre. Est-ce que par hasard Brugnon l'aurait frappé ?

— Il a intérêt à ne jamais essayer de le faire !

— Mais alors c'est quoi votre blessure ?

— Brugnon m'a interdit d'en parler... à personne.

— Vous avez donc quand même peur de lui !

— Peur ? J'étais dans la Légion pendant quinze ans et j'ai combattu un peu partout en Afrique et ailleurs ! Si vous voulez absolument le savoir, je peux vous dire ce qui s'est passé. Je m'en fous d'ailleurs que Brugnon sache que je vous l'ai raconté...

— Il n'en saura rien, ai-je dit en levant la main droite.

— Bon, vous avez vu tout à l'heure que je prépare la viande qui est vendue directement dans notre magasin. Certains clients aiment qu'on leur livre la marchandise directement chez eux. Ce sont mes deux collègues et moi qui assurons ces livraisons – bien volontiers d'ailleurs, à cause des pourboires ! Et bien imaginez un peu, c'est en livrant une commande à un de ces clients que j'ai été attaqué !

— Comment s'appelait ce client ?

— Vondermark. Il passe régulièrement des commandes... et des quantités importantes. J'y suis donc allé avec...

— Un instant, l'ai-je interrompu, c'était quand exactement ?

— L'avant-dernier samedi...

J'ai dû me retenir pour ne pas faire un bond de joie. Ça collait à 100 %. « Samedi il y a huit jours ils s'est passé quelque chose... » avait dit Tuisson. Et à partir de ce moment, Vondermark ne pouvait plus livrer d'héroïne.

— Continuez, continuez, ai-je dit à Jacob, vous êtes mon homme !

— Je suis donc allé chez Vondermark avec la viande dans une grande corbeille...

— Excusez-moi de vous interrompre à nouveau : vous avez vous-même rempli cette corbeille ?

— Non, quand il s'agit de bons clients, Brugnon fait ça lui-même. Le client garde la corbeille et la rend lors de la prochaine livraison. Est-ce que je peux poursuivre à présent ? J'étais donc en train de monter les escaliers avec la corbeille en équilibre sur mon épaule, quand j'ai été attaqué par derrière. Il me semble qu'ils étaient trois, mais je n'en suis pas tout à fait sûr. J'ai reçu un premier coup là, derrière l'oreille, qui m'a à moitié assommé. En tombant, j'ai reçu le deuxième qui m'a définitivement envoyé dans les vapes. Je me suis réveillé quand Vondermark m'a jeté de l'eau au visage. Il ne manquait pas un cent dans mes poches... mais la corbeille avait disparu. Vous ne trouvez pas cela bizarre : attaquer un homme pour lui voler vingt kilos de viande de cheval ? Vondermark a naturellement appelé Brugnon qui est arrivé à toute vitesse. Ils ont tous les deux discuté longuement à voix basse, moi-même j'étais trop occupé avec mon crâne douloureux pour essayer d'écouter leur conversation. Brugnon m'a ensuite conduit à l'abattoir où le vétérinaire m'a soigné et mis le pansement. J'ai demandé à Balthazar pourquoi nous n'allions pas à la police, mais cette idée ne lui a pas plu du tout. « Ne fais pas tant d'histoire pour si peu de chose. », a-t-il dit, « la viande est de toute façon perdue et si j'alerte les flics il va y avoir un tas de paperasseries qui vont me coûter du temps et de l'argent. Tu auras une prime de cinq cents euros à la fin du mois en guise de dédommagement, mais tu ne parles pas de cette affaire aux autres, d'accord ? » Je me suis dit que cinq cents euros pour deux plaies à la tête, c'était finalement pas si mal payé et j'ai accepté. Voilà, vous savez tout maintenant.

— D'une façon générale, ai-je dit, vous ne semblez pas être en très bon termes avec Brugnon, ou est-ce que je me trompe ?

— Écoutez, ce type est vraiment répugnant ! C'est un tyran qui prend un plaisir sadique à emmerder les gens. En plus, il est injuste : nous autres travaillons comme des esclaves, tandis que certains n'en foutent pas une rame sans qu'il leur fasse la moindre remarque.

— Qui par exemple ? ai-je demandé

— Il y a d'abord le véto, Antoine Decorny, qui est constamment en train de nous donner des ordres alors qu'il n'y connaît rien. Balthazar et lui semblent être de gros copains, parce qu'ils sont toujours fourrés ensemble. Et puis, il y a Robert Brenner et Charles Gangloff qui sont de simples manœuvres et occupent des places où ils n'ont quasiment rien à faire. Je me demande parfois, monsieur, si tout cela n'est pas un peu louche...

— Si je n'étais pas aussi de cette opinion, je ne serais pas en train de m'entretenir avec vous ! En tout cas, je vous remercie, vous m'avez beaucoup aidé.

— C'était avec plaisir, a dit Jacob. Je vous donne mon numéro de téléphone... Pour le cas où vous auriez besoin de moi pour jouer un sale tour à Brugnon !

Après le départ de Jacob, je suis encore resté assis un moment à cogiter. De toute façon il était sept heures passées et je ne pouvais plus rien entreprendre ce soir. Dehors, il neigeait et cette fois-ci pour de bon. Quand je suis arrivé à la voiture, j'avais l'air d'un bonhomme de neige et je grelottais de froid. Pour me réchauffer et me restaurer, je suis allé manger une énorme platée de spaghettis bolognaise à « La Grappa » – après ces heures passées à l'abattoir, je n'avais vraiment pas envie de viande. Je vis dans le journal qu'il y avait un bon western au Saint-Exupéry. À côté de moi était assise une grosse blonde qui visiblement avait besoin de chaleur humaine. Dès que la lumière s'est éteinte, elle a mis sa main dans la poche de mon pantalon. Par politesse, j'ai joué un peu avec son sein droit, mais quand sur l'écran sont apparus les premiers Indiens, je suis allé m'installer à une autre place.

Après la séance, j'ai filé chez Manni. Elle n'était pas encore rentrée de ses rendez-vous avec Metzger et Wendling, mais j'avais les clefs de son appartement. Je me suis versé un cognac, j'ai regardé un peu la télé et vers minuit je me suis couché. Il ne m'a pas fallu dix secondes pour m'endormir.

J'ai été réveillé par un corps nu qui se collait contre le mien. J'ai voulu allumer la lumière, mais le corps s'est couché sur moi et une main a fermement retenu mon bras.

— Non, mon cher, a susurré Manni contre mon oreille, on va bavarder plus tard ! D'abord, il faut être très gentil avec Manni qui revient d'une mission difficile. J'ai maintenant besoin de réconfort... D'une grande dose de réconfort, si tu vois ce que je veux dire...

Je n'étais pas pingre et lui ai fourni généreusement ce qu'elle voulait. Mais il n'est pas sûr que ça l'ait vraiment apaisée, car quand j'ai eu terminé, elle transpirait sur tout le corps.

— Bon, maintenant tu peux allumer, a dit Manni en sautant du lit.

Elle est revenue avec deux verres de lait froid et un énorme sandwich au jambon.

— Tiens donc, ai-je dit, ils ne t'ont pas payé à manger ? Allez, raconte !

— D'abord Metzger. Je lui ai tout de suite dit que ma mère était venue à l'improviste de Lyon et que je n'avais donc pas beaucoup de temps, mais que j'allais passer tout le dimanche avec lui. Et maintenant devine où nous avons dîné – dans un restaurant végétarien ! Pendant tout le repas, il n'a fait que vanter les mérites des légumes bio, du pain complet, des graines de tournesol, du jus de betterave, des pousses de soja. Cela ne l'a pas empêché de me peloter les cuisses et de mordiller mes oreilles ! Nous avons parlé d'art, de voyages, de livres. Il a l'intention de vendre bientôt son magasin et de s'installer sur la Côte où il possède déjà une villa. « Votre commerce rapporte donc tellement ? » ai-je demandé. « Il faut arriver à gagner encore quelque chose à côté. » a-t-il répondu en changeant rapidement de sujet.

— Et qu'en est-il du conseiller fiscal ?

— Ça n'a pas donné grand-chose non plus. Nous nous étions donnés rendez-vous au « Polichinelle », nous avons dansé un peu, puis sommes allés chez lui. Il a mixé des cocktails explosifs, mais je les supportais mieux que lui. Bientôt il s'est senti mal et je l'ai aidé à vomir. Dans la salle de bains, il y a une armoire pleine de pilules, de gouttes, de remèdes de tout ordre – mais pas trace de drogue. Le brave Gaston Wendling ne semble pas être en très bonne santé et a, ce soir, surestimé ses forces. En tout cas, je n'ai pas eu besoin de défendre ma vertu. Pendant qu'il essayait de récupérer, j'ai joué avec son chien, un dogue danois à l'air féroce, mais d'une extrême gentillesse, puis j'ai poliment exprimé le souhait de rentrer chez moi. Il semblait soulagé de me voir partir, s'est excusé pour ses défaillances et a promis d'être à la hauteur la prochaine fois. Alors, pour résumer mes impressions de la soirée : ces deux vieux cochons sont tout ce que tu veux, mais pas drogués !

— Cela n'exclut nullement qu'ils vendent de la drogue, ai-je dit. De toute façon, on s'occupera à nouveau d'eux plus tard...

J'ai alors raconté à Manni tout ce que j'avais appris lors de ma longue visite chez Balthazar Brugnon.

— Mais tout s'enchaîne merveilleusement, constata Manni. Ce Paul Jacob devait livrer à Vondermark un panier de viande dans lequel se trouvait aussi de la drogue. Il se fait attaquer, l'héroïne est volée et Vondermark se trouve dans l'incapacité de livrer ses clients habituels. Misowski voit là une occasion de conquérir ce marché, mais...

Manni s'arrêta brusquement.

—... Mais se fait zigouiller lors d'un simulacre de hold-up, c'est ça que tu voulais dire ?

— Oui, a répondu Manni, mais j'ai tout à coup pensé à quelque chose : Misowski a très bien pu voler lui-même cette livraison !

— J'y ai songé moi aussi, mais ça ne donne pas beaucoup de sens. Si on t'avait volé une petite fortune, quelle serait ta réaction ? Est-ce que tu te contenterais de simplement tuer le voleur ?

— Sûrement pas, a répondu Manni. J'essaierais par tous les moyens de le faire parler pour récupérer ma marchandise.

— Évidemment ! Donc il y a quelque part un hic dans cette affaire...

Manni me coupa la parole en baillant ostensiblement.

— Est-ce qu'on ne peut pas continuer demain ? Toi, tu as déjà dormi un bon coup, mais moi je tombe de fatigue. Si demain je ne suis pas au bureau à neuf heures, tu vas peut-être me congédier.

— Tu devrais quand même savoir que les secrétaires qui couchent avec leurs patrons ne sont jamais fichues à la porte, ai-je dit en éteignant la lumière.

16

Le lendemain matin j'ai téléphoné à Angelo pour qu'il se renseigne au sujet de Decorny, Brenner et Gangloff. Ces trois types que Brugnon payait pour paresser quasiment toute la journée et qui étaient en si bons termes avec lui méritaient assurément qu'on s'intéresse à eux d'un peu plus près.

Ensuite j'ai pris la décision de faire une visite à madame Erna Federlé, sorcière de son métier et accessoirement ma cliente. Je n'avais plus entendu parler d'elle depuis quelques temps et l'absence de réactions dans mon pied droit commençait même à m'inquiéter un peu.

Malgré la tempête de neige, je n'ai eu aucune peine à retrouver la rue où elle habitait. Mais j'y suis arrivé par un autre chemin et j'ai constaté à ma grande stupéfaction que sa maison, située côté rue dans ce quartier de pavillons que j'avais exploré il y a quelques jours, était placée côté jardin tout près de l'abattoir de Brugnon ! Dans la mesure où je pouvais en juger à travers ce rideau de neige, elle devait même, du premier étage, offrir une vue imprenable sur la cour et les toits plats de celui-ci. Ainsi donc madame la sorcière vivait au coude à coude avec sa sœur Adèle et son beau-frère ! J'aurais pu m'économiser beaucoup de temps et de peine si j'avais su cela il y a quatre jours...

Cette fois, j'ai garé ma voiture juste devant sa maison. Le petit jardin à l'abandon avait été transformé par la neige en un tapis d'une blancheur immaculé. Les quatre marches jusqu'à la porte d'entrée étaient verglacées et j'ai dû faire attention de ne pas glisser. Sur la sonnette était collé un papier vert avec une inscription à l'encre brune : « Entrez donc, Nicolas Talberg. ». Je ne me suis pas laissé impressionner par ce genre d'enfantillage et j'ai poussé la porte qui grinçait comme dans les films d'horreur. Naturellement elle s'est aussitôt refermée derrière moi avec un bruit effroyable sans que j'aie eu besoin d'intervenir. Cette mise en scène était sûrement destinée à mettre ses clients dans la bonne ambiance. Je m'attendais donc à voir des hiboux et des chauves-souris voler autour de moi ou des squelettes jouer aux dés, mais rien de tout cela. L'ameublement était banal, les tapis usés, les gravures pendues au mur des reproductions bon marché. Du grand salon où je me trouvais un escalier montait au premier étage. Il y avait aussi deux portes sur lesquelles était marqué : « Entrée interdite. Danger de mort ! » Je voulais justement en ouvrir une quand mon bras droit fit comme un bond et se trouva dressé tout droit en l'air. Par réflexe, je voulus utiliser le bras gauche pour ouvrir, mais il prit le même chemin que le droit. J'étais planté là comme un imbécile avec les deux bras levés et tous les efforts que je faisais pour les faire redescendre étaient vains.

— Hi, hi, hi, vous avez vraiment l'air ridicule ainsi, a dit la voix de crécelle bien connue.

Je me suis retourné et j'ai vu Erna Federlé au milieu des marches qui gloussait comme une écolière au milieu de ses copines.

— Auriez-vous l'amabilité de faire redescendre mes outils de préhension, ai-je dit du ton le plus neutre possible, ils ne supportent pas bien l'air des montagnes.

En continuant à glousser, la Federlé monta le reste des marches et disparut dans un petit couloir. Sans que je leur en ai donné l'ordre, mes jambes se mirent tout d'un coup en mouvement et avec de vifs pas de Bersaglieri me portèrent jusqu'au premier étage. J'en eus des frissons, car à cause de mes bras levés, j'avais la sensation d'être déséquilibré et de risquer à tout moment de dégringoler dans cet escalier très raide. Mais je suis arrivé en haut sain et sauf et, toujours du même pas saccadé, j'ai rejoint une pièce confortablement meublée. Le cirque cessa aussi brusquement qu'il avait débuté : mes jambes s'immobilisèrent, mes bras retombèrent et m'appartinrent à nouveau.

— Allez, buvez ça pour vous remonter le moral, a dit Erna Federlé en me tendant un verre avec un liquide de couleur ambrée.

J'ai reniflé le breuvage comme si c'était du purin.

— N'ayez aucune crainte, c'est du très bon cognac acheté pour quatre-vingt cinq euros au « Millésime ».

J'ai goûté du bout des lèvres : c'était vraiment du cognac. D'ailleurs, elle était également en train d'en déguster un.

— J'ignorais que les sorcières boivent du cognac, ai-je dit.

— Maintenant, vous le savez ! Croyez-vous peut-être que je me pique le nez avec du lait de pucelle ou du sang caillé ? Bon, assez plaisanté. Pourquoi êtes vous venu ?

— Au cas où vous l'auriez oublié, vous m'avez engagé et de temps à autre, j'éprouve le besoin de rendre compte de ce que je fais aux gens pour lesquels je travaille !

— Cela n'est pas du tout nécessaire, jeune homme, je sais très bien si vous avancez dans votre enquête ou non.

— Vous voyez cela dans votre boule de cristal ?

— Si l'on veut, dit-elle avec un rire de vieille bique. Vous avez en tout cas fait des progrès et je suis au fond satisfaite de vous.

— Pourquoi ne m'avoir pas dit tout de suite que vous avez une sœur mariée à Balthazar Brugnon ?

Pour la première fois depuis que je la connaissais, elle sembla surprise. Elle leva son verre en ma direction.

— Vous êtes encore plus fort que je ne le pensais. Mais qu'est-ce-que cette pauvre Adèle a à voir avec la mort de Misowski et Santelli ?

— C'est justement la question que je voulais vous poser à vous.

— Comment va mademoiselle Gastonet ?

— Manni va très bien, merci, mais ne changez pas de sujet !

— Qui va gagner le Tour de France l'année prochaine ?

— Au diable le Tour de France !

— Alors parlons du Racing...

— Bon Dieu, ai-je alors crié, mais vous ne voulez donc pas m'aider ?

— Mais si, mais si, tenez...

Elle fouilla dans son sac et en sortit une poignée de billets de banque...

— L'avance que je vous ai donnée il y a quelques jours est sans doute épuisée, dit-elle en me les tendant.

J'ai réalisé que je n'arriverais pas à la faire parler. Aussi ai-je pris l'argent et fait une dernière tentative.

— Que pensez-vous de Balthazar Brugnon ?

— Que du mal ! Grâce à vous, Adèle va être bientôt débarrassée de son mari.

— Et vous n'avez rien d'autre à me dire ?

— Non !

— Dans ce cas je vais partir.

— Je ne vous retiens pas, jeune homme, mais faites attention en sortant, les marches sont verglacées.

En bas, j'ai hésité un moment devant les deux portes fermées. Je me promis de repasser à l'occasion pour savoir ce qu'il y avait derrière. La porte d'entrée fit comme tout à l'heure un bruit effroyable, je sortis et... m'étalai subitement de tout mon long dans la neige sans savoir ce qui m'était arrivé. Je me suis redressé et j'ai constaté que le petit escalier n'était plus là ! Du seuil de la porte jusqu'au sol il manquait tout simplement les quatre marches. Ma colère était amplifiée par le rire étouffé que j'entendis derrière une fenêtre du premier étage. En me levant, j'ai confectionné une boule de neige bien dure que j'ai jetée de toutes mes forces contre la vitre qui, hélas, ne s'est pas cassée. Le rire est devenu strident et m'a poursuivi jusqu'à la voiture.

Angelo et Bercant jouaient à la bataille navale en fumant.

— Quand je pense qu'on paie des impôts pour ça, ai-je dit.

— Nous nous détendons, a répondu Angelo, tu veux jouer aussi ?

— Je vous demande, moi, si vous voulez jouer à cache-cache avec Balthazar Brugnon ? Si oui, mettez vos manteaux...

Dans la voiture je leur ai raconté ce qui s'était passé depuis hier sans parler naturellement d'Erna Federlé.

— Si je retourne le voir pour consulter le livre des commandes il va me foutre à la porte. Avec vous, qui enquêtez comme moi sur la mort de Santelli, il n'osera pas.

Cette fois-ci, tout se passa de façon officielle. Nous sommes entrés avec la voiture de police dans la cour et avons stationné devant les bureaux. Angelo et Bercant ont montré leurs cartes et demandé à parler à Brugnon. Quand il est arrivé, il nous a regardé avec des yeux pleins de haine et j'ai eu l'impression que 90 % de celle-ci m'était destinée.

— Qu'est-ce qu'il y a maintenant ? Combien de fois va-t-on encore m'emmerder avec cette affaire stupide ? Celui-là – il me montra du doigt – a déjà volé mon temps à deux reprises ! J'ai du travail, moi !

— Nous aussi, a dit Angelo d'une voix douce. Mais votre présence n'est pas indispensable – si vous nous permettez de consulter vos livres, nous nous débrouillerons tout seuls.

— Pourquoi voulez-vous voir mes livres ? J'ai toujours payé mes impôts, moi...

— Vos affaires fiscales ne nous intéressent pas, a dit Angelo, on s'occupe du meurtre de Santelli, on veut savoir par qui, et pourquoi il a été tué.

Je suis intervenu à ce moment là.

— Ce qui nous intéresse particulièrement, ce sont les carnets où figurent les commandes de vos clients privés.

— Mais en quoi cela concerne Santelli ? répliqua Brugnon. Il ne s'est jamais occupé des commandes et n'avait aucun contact avec la clientèle. C'est d'ailleurs stupide de soupçonner mes clients qui sont tous des gens convenables.

— Vondermark aussi ? ai-je demandé.

J'ai immédiatement compris que je venais de commettre une bévue. Je n'étais pas censé savoir que Vondermark commandait de la viande chez Brugnon. Celui-ci fronça les sourcils au point qu'on ne voyait plus ses yeux. Puis il me jeta un regard qui me fit froid dans le dos. Il venait de comprendre que je savais plein de choses sur lui et que je constituais un danger mortel. Mais il sut se maîtriser.

— Après tout, faites ce que vous voulez, a-t-il dit à Angelo, je n'ai rien à cacher. Voici le livre où sont enregistrées les commandes, vous le remettrez à sa place quand vous aurez terminé.

Le fameux livre devait faire un demi-mètre au carré et peser dans les dix kilos. À certains endroits on voyait les empreintes sanglantes de doigts de boucher et je fus étonné de ne pas trouver des escalopes entre les pages. Il y avait quatre colonnes : la date de la commande, le nom et l'adresse du client, le genre et la quantité de viande désirée, la date et l'heure de livraison.

— Je n'aurais jamais pensé qu'on bouffe autant de viande de cheval à Strasbourg, s'étonna Bercant.

— La viande de cheval est saine et donne du tonus, a dit Angelo en se tournant vers moi. Si tu en mangeais une livre crue avant chaque match, tu serais le meilleur défenseur d'Alsace.

Faisant semblant de ne pas comprendre l'allusion, j'ai poursuivi mes calculs.

— Au cours de l'année écoulée, Vondermark a commandé en moyenne cinq kilos par mois, parfois beaucoup plus. Et la fois où ce Paul Jacob a été attaqué, il s'agissait de vingt kilos ! Si l'on part du principe que l'unité de base pour ces commandes était le de paquet de cinquante grammes que j'ai trouvé chez Tuisson, cette livraison représente vingt fois cinquante, c'est-à-dire un kilo d'héroïne – une petite fortune !

Angelo émit un sifflement admiratif.

— Les quantités commandées par Metzger et Wendling étaient moins importantes, ai-je poursuivi, un ou deux kilos, mais ils commandaient de façon régulière, toutes les deux semaines. Les livraisons que recevait Vondermark par contre, étaient beaucoup plus irrégulières, ce qui veut dire que sa clientèle comprenait d'autres personnes que les membres de l'Association pour l'Épanouissement de l'Âme Chrétienne, sans doute de petits dealers de quartier. Je me demande maintenant d'où Brugnon tire une telle quantité de drogue... Peut-être transforme-t-il lui-même la morphine.

— Mais pour cela il faut des spécialistes ou du moins un labo bien équipé, a dit Angelo. Tu as fait le tour de toute la boîte – est-ce que tu en as vu un ?

— Non, mais je trouverai, crois-moi !

Bercant me donna un coup de pied sous la table. En me retournant, j'ai vu Balthazar qui faisait impatiemment les cent pas dans notre dos.

— Nous avons terminé, a dit Angelo en se levant.

— Avez-vous trouvé quelque chose d'intéressant ? demanda Brugnon en me regardant droit dans les yeux.

— Pensez-vous, a dit Angelo d'un ton jovial. Vous savez, nous sommes obligés de suivre tant de pistes... et généralement sans résultat tangible !

— Bon, rétorqua Brugnon, j'espère donc vous avoir vu ici pour la dernière fois.

— Qui sait, qui sait, ai-je dit en sortant.

Balthazar me jeta un regard meurtrier.

17

Je me suis installé dans un bar tranquille près de la place d'Austerlitz. Dehors s'écoulait le flot continu des touristes venus pour le « Noël à Strasbourg ». Attirés par les différents marchés du centre, ils n'ont pas eu l'idée de troubler ma quiétude. J'ai bu un grog et fumé une cigarette avant d'appeler Manni.

— À ton avis, Metzger est-il capable de manger un ou deux kilos de viande de cheval par semaine ?

— Tu es fou, a répondu Manni, il se trouve déjà mal rien qu'à sentir un rôti !

— Et Wendling ?

Manni s'est mise à rire.

— S'il mangeait autant de viande de cheval, il m'aurait violée hier soir ! Son chien, par contre, est tellement gros et rassasié qu'il n'a même pas pris le morceau de sucre que je lui ai offert...

Pour être tout à fait sûr, j'ai encore appelé Ernestine Heinrich.

— En effet, m'a-t-elle dit, Vondermark m'a constamment fait cadeau de viande. Parfois, tout mon frigidaire en était rempli et il m'arrivait souvent d'en jeter. Pourquoi commandait-il de telles quantités ? Je n'en sais rien et je ne lui ai jamais posé la moindre question...

Le barman qui a dû entendre des bribes de mes conversations, m'a demandé si je n'avais pas envie d'un bon tartare de cheval – il avait reçu ce matin du hachis tout frais.

— Taisez-vous, sinon je vais me trouver mal ! Servez-moi plutôt un deuxième grog, mais cette fois avec plus de rhum.

Je me suis assis dans un coin avec mon verre pour faire un résumé structuré de tout ce que je savais. Vondermark, Metzger et Wendling commandent des quantités astronomiques de viande de cheval chez Brugnon. L'un en fait cadeau à sa secrétaire boulimique, l'autre la donne à bouffer à son chien, le troisième est végétarien. Un kilo de viande signifie une certaine quantité d'héroïne. La drogue est soigneusement cachée par Balthazar entre les morceaux de viande et livrée à leurs destinataires par des aide-bouchers qui ne se doutent de rien. Un code téléphonique sert à passer les commandes en toute discrétion et à prévenir d'un danger imminent.

Dans ce schéma si parfaitement organisé, il restait juste à placer les meurtres de Misowski, Santelli et Suzy Vogelsang et, naturellement, à savoir d'où Brugnon tenait l'héroïne. Il ne fait aucun doute que c'est Misowski qui a volé la grosse livraison destinée à Vondermark. Mais qui l'a aidé à attaquer Paul Jacob et que s'est-il passé ensuite. Quel rôle a joué Santelli ? Qui l'a assassiné ? Et la pauvre Suzy ? Que savait-elle que je ne devais pas apprendre ?

Mon verre était vide et mes petites cellules grises me faisaient mal à force d'être sollicitées. Il était presque vingt heures quand j'ai repris mon téléphone. Angelo avait les renseignements que j'attendais.

— C'est un beau trio, a-t-il dit. Robert Brenner a déjà été condamné six fois pour vol et attaque à main armée. Il est sorti de prison il y a trois ans. Charles Gangloff était proxénète, puis s'est lancé dans le commerce de drogue. Lui aussi a déjà été trois fois en taule. Il y a deux ans, on a été obligé de le libérer par manque de preuves dans une sale histoire où deux prostituées avaient été retrouvées à l'Orangerie la gorge tranchée. Depuis quelques temps on n'a plus entendu parler de ces deux types — apparemment ont-ils trouvé chez Brugnon une bonne planque.

— Et quid d'Antoine Decorny ?

— C'est un ancien étudiant en médecine qui a été fichu à la porte de la Faculté pour avoir dérobé des microscopes qu'il revendait sur internet. Il a obtenu par on ne sait quel moyen un diplôme de vétérinaire d'une université africaine. Il a été condamné pour avoir dopé des chevaux lors des courses à Deauville, puis a disparu pendant quelques années aux États-Unis. Il y a environ cinq ans, il est arrivé à Strasbourg où il a fréquenté les milieux de la drogue sans cependant jamais se faire pincer, ni comme consommateur, ni comme dealer. On n'entend plus parler de lui depuis quelques temps, mais mes collègues des stups sont persuadés qu'il possède le savoir-faire technique nécessaire pour fabriquer lui-même de l'héroïne.

— Angelo, tout ça est formidable ! Bientôt cette affaire va être réglée !

— Dis-moi, Nico, demanda tout à coup Angelo, qui est donc ton client ?

— Une sorcière. Je ne sais pas encore très bien s'il s'agit d'une gentille sorcière ou d'une méchante, en tout cas, elle paie bien !

— Naturellement, une bonne femme ! Tu me connais, Nico, je ne suis pas indiscret et je ne me mêle pas de tes problèmes professionnels. Mais j'ai pensé... je me suis demandé si...

—... Si je ne travaillais pas pour une cliente qui elle-même est droguée, c'est bien cela que tu voulais demander ? Je te rassure, mon cher, c'est une vraie sorcière qui n'a pas besoin de cela ! Je te dis aussi qu'il nous suffit maintenant de suivre la piste de l'héroïne pour trouver la solution des trois meurtres !

En sortant dans la nuit, le vent a failli me renverser. J'avais garé ma voiture rue des Orphelins et la tempête fouettait les flocons directement dans mes yeux. C'est la raison pour laquelle je n'ai remarqué la grosse Mercedes noire qu'au moment où elle s'est arrêtée à côté de moi. Des types cagoulés en sont sortis et me sont tombés sur le paletot avant que je puisse esquisser un mouvement. Un coup de matraque sur la tête mit fin à toute velléité de résistance de ma part. Toute la scène ne dura même pas trois secondes.

J'ai fait beaucoup de sports de combat dans ma vie et les innombrables coups et chocs que j'ai encaissés ont habitué mon crâne à ce genre de traitement. Aussi, ne me suis-je pas senti trop diminué en me réveillant. Certes, j'avais des élancements fort désagréables dans la tête et quand je fronçais les sourcils je sentais nettement la bosse douloureuse qui s'était formée à l'arrière de mon crâne. Mes mains et mes pieds étaient entravés, ma tête se trouvait enserrée dans un sac en jute. À en juger d'après l'humidité et l'odeur de moisi, je devais me trouver dans une cave. Comme je ne pouvais rien faire d'autre, je me suis fait du mouron et pas qu'un peu.

C'était naturellement la troupe de choc de Balthazar Brugnon qui m'avait attaqué. Pendant que j'épluchais son livre de commandes avec Angelo et Bercant, il avait réuni ses gens qui n'avaient plus eu qu'à me suivre et attendre le moment propice pour m'attaquer. Sa patience était à bout et il avait réalisé que je représentais maintenant pour lui un danger sérieux. Il avait donc opté pour une solution radicale : me kidnapper et ensuite me tuer. Je me suis mis à grelotter et à claquer des dents. « C'est à cause du froid. » me suis-je dit, mais je savais que c'était purement et simplement la peur qui me faisait trembler.

J'avais l'impression d'entendre des voix qui discutaient au loin. Dans mon imagination fiévreuse je me représentais Balthazar et ses acolytes en train de tenir conseil pour savoir s'ils allaient m'étrangler, m'abattre, me noyer ou tout simplement me transformer en saucisse de Strasbourg. L'idée d'être livré dans une corbeille à Metzger ou Wendling avec des sachets d'héroïne cachés sous moi ne m'amusait que modérément.

Subitement, j'entendis un craquement et sentis un courant d'air comme si l'on avait ouvert quelque part une porte. « Adieu Nico ! » ai-je pensé, « C'était bien agréable la vie avec toi ! » Tout restait sombre, et silencieux, mais je sentais littéralement que quelqu'un s'approchait. Et puis survint, comme une allusion discrète, une sensation exquise dans mon pied droit. Elle s'arrêtait déjà à la hauteur du genou et fut beaucoup moins intense que d'habitude. Ça suffisait pour me rassurer, d'autant plus que j'entendais aussi le petit rire bien connu.

Je fus palpé de haut en bas, on trafiqua mes bras qui tout à coup se trouvèrent libres, on plaça un couteau ouvert dans ma main et on disparut aussi discrètement et rapidement que l'on était arrivé.

Maintenant, il s'agissait de ne surtout pas perdre de temps. J'ai enlevé le sac de jute, coupé la corde qui entravait mes pieds, attendu quelques instants pour que la circulation se rétablisse et pris la poudre d'escampette en emportant le couteau en prévision d'une éventuelle rencontre. J'avançais en tâtant les murs et en suivant le courant d'air froid. Toujours dans l'obscurité la plus complète, je suis arrivé à une porte basse largement ouverte. À partir de là, j'ai suivi un long couloir qui m'a amené dans une sorte de buanderie qui n'avait plus ni portes, ni fenêtres. J'étais libre.

Malgré la tempête de neige, j'ai vu que je sortais d'une sorte de hangar accolé à une villa complètement délabrée. Il y avait de la lumière au premier étage et devant l'entrée était garée une Mercedes noire. Arrivé dans la rue, je me suis mis à courir comme si j'avais toute l'équipe de foot adverse à mes trousses. Je ne me suis arrêté que quand j'ai eu des points de côté. De toute façon, il y avait maintenant des passants qui se seraient sûrement étonnés de voir à dix heures du soir un type courir le marathon en costume de ville et en pleine tempête de neige.

Je me trouvais dans un quartier totalement inconnu avec des noms de rue qui ne me disaient rien. Puis j'ai vu une pancarte : « Stade Michel Walter à deux cents mètres ». Du coup j'y étais à nouveau : mon équipe avait remporté là, quatre ans auparavant, une victoire mémorable, 10 à 0, en coupe d'Alsace. Ces cochons m'avaient donc transporté jusqu'au Neuhof ou le Stockfeld et j'étais sûrement destiné à finir au fond du Baggersee avec les pieds dans un bloc de ciment ! J'ai alors eu une frayeur et fourré mes mains dans les poches : tout était à sa place, même les billets de banque qu'Erna Federlé m'avait donnés le matin. J'ai poussé un soupir de soulagement, car je me voyais mal par ce temps rentrer en ville à pieds.

J'ai encore marché dix minutes jusqu'à l'hôpital Lyautey où j'ai facilement trouvé un taxi. En voyant le chauffeur de taxi me regarder d'un air terrifié, j'ai réalisé que je tenais toujours le couteau à la main.

— Je viens de faire une césarienne à la maternité, lui ai-je dit.

Je lui ai quand même, par précaution, montré ma carte. Mais il n'a été vraiment rassuré qu'après m'avoir déposé devant ma maison et avoir encaissé son argent. Quand je me suis regardé dans la glace, j'ai compris pourquoi il était terrorisé. J'étais complètement trempé, j'avais une éraflure sur le front et un œil au beurre noir. Il y avait du sang collé dans mes cheveux, ma chemise avait l'air de sortir d'une déchiqueteuse. J'ai pris deux aspirines pour calmer mon mal de tête et une douche brûlante.

Quand je fus redevenu à peu près normal, j'ai sorti la carte que Paul Jacob m'avait donnée. Balthazar et ses sbires se trouvaient certainement encore dans la villa délabrée ou alors étaient en train de me rechercher dans tout le Neuhof. Là où ils n'iraient sûrement pas me chercher, c'est dans leur propre abattoir. Et c'est justement là que je comptais maintenant me rendre.

— C'est Nicolas Talberg, vous dormez déjà ? ai-je demandé quand Jacob décrocha enfin.

— Je suis couché, en effet, mais cela n'a aucune importance. Que puis-je faire pour vous ?

Je lui ai expliqué rapidement ce que je cherchais chez Brugnon. Il fut tout de suite d'accord pour me servir de guide, mais précisa qu'il n'avait jamais vu dans l'entreprise quelque chose qui ressemblait de près ou de loin à un laboratoire chimique.

— S'ils fabriquent de l'héroïne, ce n'est sûrement pas pendant les heures de travail officiel ! Alors d'accord, on se rencontre dans trois quarts d'heure devant le café où nous étions hier soir.

Avant de partir, je pris mon pistolet et un chargeur de réserve. Je n'avais en effet nulle envie de me laisser kidnapper une seconde fois.

Jacob était là avant moi. Nous nous sommes serrés la main.

— C'est la première fois que je commets une effraction, a-t-il dit, ça fait une drôle d'impression...

— Ce n'est qu'une question d'habitude ! Vous n'avez pas besoin d'avoir peur de la police, mais si nous tombons sur Brugnon et ses gens, ça peut devenir désagréable.

— Je souhaite presque que ce soit le cas ! Regardez ce que j'ai, là...

Il me montra une batte de base-ball qu'il avait cachée sous son manteau.

— Vous voyez, lui ai-je dit en riant, vous avez déjà compris l'essentiel du métier ! Mais en principe, on ne devrait pas avoir besoin de s'en servir – cette tempête de neige est idéale pour un cambriolage. Allons-y...

Pendant que nous marchions, Jacob s'est mis à parler.

— Hier j'étais incapable de vous décrire les gens qui m'ont attaqué. J'y ai encore réfléchi aujourd'hui. Et bien, je dirais qu'un de ces types était très gros. Je ne l'ai pas vraiment vu, c'est juste une impression...

Voilà une indication intéressante. Le malheur c'est que je ne peux rien en faire. Aucun des hommes qui me sont tombés dessus n'était gros. Misowski était petit et plutôt chétif, Santelli grand et fort, mais pas gros. La description colle évidemment avec Ernestine Heinrich, mais il est vraiment peu probable qu'elle s'amuse à taper sur des mecs !

Nous nous trouvions maintenant devant le mur, tout près du bar de Valentin Brugnon.

— C'est ici qu'on va passer, a dit Jacob à voix basse, poussez-moi.

Je me suis appuyé contre le mur, Jacob a grimpé sur mes épaules. Je l'ai poussé ensuite avec mes bras tendus jusqu'à ce qu'il puisse s'asseoir à califourchon sur le haut du mur.

— Maintenant, il s'agit d'être prudent, ai-je dit quand nous avons sauté tous les deux dans la cour obscure.

18

Tout fut beaucoup plus simple que je ne l'avais pensé. En l'espace de deux heures, nous avions exploré tous les bâtiments de haut en bas – à l'exception de l'appartement de Balthazar et de la maison de Valentin – sans trouver un gramme de drogue. J'étais très déçu, mais au même moment j'eus une sorte d'illumination : la pierre angulaire de toute cette histoire c'était évidemment Erna Federlé ! Sorcière ou pas, elle devait avoir une relation étroite avec Balthazar Brugnon sinon, elle n'aurait pas été aussi vite au courant de mon enlèvement.

Nous étions à nouveau dans la cour en essayant de nous repérer pour retrouver l'endroit où nous avions escaladé le mur. Nous avions naturellement éteint nos lampes de poche et à cause de la neige la lumière des lampadaires dans la rue n'étaient d'aucun secours. Nous étions presque au but quand quelqu'un s'est littéralement précipité dans mes bras. Nous nous sommes tous les deux effrayés, mais j'étais plus rapide que l'autre et le tenais fermement enlacé.

— Allumez pendant une seconde ai-je ordonné à Jacob.

Je vis alors ce que je tenais dans mes bras : madame Adèle Brugnon, née Federlé. Elle me reconnut également et s'apprêta à crier. Je lui mis la mains sur la bouche.

— Ne soyez pas idiote, ai-je chuchoté. Si Balthazar nous surprend ici ce sera votre fête autant que la nôtre.

Peu à peu elle comprit la situation et cessa de se débattre. Je devinais sans peine ce qui s'était passé. Adèle avait profité de l'absence de Balthazar pour se rendre chez Valentin. Ce qu'elle y avait fait était évident : elle sentait fortement l'alcool. Si elle n'avait pas essayé de cacher quelque chose derrière son dos, je l'aurais tout de suite laissée partir. Au lieu de cela, je lui ai tordu le bras jusqu'à ce que j'arrive à lui saisir la main. Dans cette main minuscule elle tenait fermement le canon d'un énorme revolver. J'ai été obligé de desserrer ses doigts un par un pour réussir à m'en emparer. Jusqu'à présent elle n'avait pas dit un mot, mais quand j'ai reniflé puis empoché l'arme, elle s'est mise à sangloter.

— Rendez-le-moi, s'il vous plaît !

— Des objets pareils ne sont pas faits pour des dames comme vous, ai-je répondu. Je vous promets de vous le rendre, mais seulement après que la police l'ait examiné. Et maintenant dépêchez-vous de rentrer, Balthazar sera bientôt de retour.

Elle poussa un petit gémissement comme un chiot à qui l'on aurait marché par mégarde sur la patte. Sans même essayer de me faire changer d'avis, elle disparut dans le néant.

— Qu'est-ce que vous pensez de tout cela ? ai-je demandé à Jacob quand nous étions à nouveau dans la rue.

— Je n'en sais fichtre rien. Que craint-elle pour traverser la cour avec un engin pareil ? Avec cela, je parie qu'elle ne sait même pas s'en servir...

Je suis rentré directement chez moi me coucher. Le lendemain à neuf heures, j'étais dans le bureau d'Angelo.

— Qu'est-ce qui t'est arrivé ? demanda t-il en montrant mon visage abîmé.

Je lui ai tout raconté, puis ai posé le revolver devant lui.

— C'est quoi ça ?

— J'aimerais bien le savoir moi aussi. Je ne crois vraiment pas qu'Adèle Brugnon l'ait utilisé, mais il a bien dû servir ces derniers temps ! Donne-le au labo pour savoir si par hasard Santelli n'a pas été tué avec cette arme. Bon, et maintenant je vais me rendre à l'endroit où l'on fabrique la drogue ! Ne fais pas une tête pareille, tu sauras tout le moment venu !

Pour la troisième fois je suis allé chez Erna Federlé. En sortant de la voiture j'ai pris la paire de menottes qui traîne toujours dans le vide-poche. La porte d'entrée était ouverte comme si l'on m'attendait.

Erna Federlé était assise dans l'entrée sur une chaise et fumait une pipe. Elle étouffa un rire en me voyant hésiter.

— N'ayez pas peur, Nicolas Talberg ! Vous allez voir, vous et moi finirons bien à nous habituer l'un à l'autre. Qu'est-ce qui est arrivé à votre tête, vous vous êtes cogné quelque part ? Venez, nous allons monter, il fait plus chaud en haut.

Je l'ai suivie dans l'escalier et comme cette fois-ci mes bras et mes jambes fonctionnaient normalement, j'ai remarqué quelque chose que je n'avais pas vu la dernière fois, à savoir une fenêtre sur le palier du premier étage d'où l'on pouvait voir toute la cour de l'abattoir.

— Une belle vue, n'est-ce pas ? Allez, entrons, j'ai déjà préparé le cognac.

Après avoir bu et apprécié comme il se doit ce VSOP de haute lignée, j'ai pris la parole.

— Vous m'avez sorti hier soir d'une situation plus que désagréable et je vous en remercie chaleureusement. D'habitude c'est moi qui fais ça pour mes clients et pas le contraire.

Cela dit, le fait que vous ayez su ce qui m'était arrivé et où je me trouvais, prouve naturellement qu'il existe des liens entre vous et Balthazar qui vont au-delà des relations qu'on a normalement avec un beau-frère. Je vais donc procéder chez vous à une petite perquisition au cours de laquelle je ne voudrais pas être dérangé. Alors, avec votre permission...

Avant qu'elle ait pu répondre, j'ai bondi sur elle, fixé une menotte à son poignet et l'autre à l'accoudoir du fauteuil dans lequel elle était assise. Apparemment elle était d'accord car je n'ai été ni foudroyé, ni transformé en crapaud. Elle riait de son rire de crécelle, comme si ça l'amusait follement d'être ainsi immobilisée.

— Si je voulais, a-t-elle dit – au même moment une douleur atroce est montée de mon pied jusque dans ma tête, me paralysant littéralement pendant quelques secondes – mais je ne veux pas ! Alors, faites ce que vous avez à faire...

Elle ferma les yeux et se cala dans son fauteuil, comme si elle n'était plus concernée.

J'ai donné deux tours de clef en sortant et glissé la clef dans ma poche. Les deux portes avec les panneaux « Entrée interdite. Danger de mort » semblaient m'attendre impatiemment. La pièce dans laquelle je pénétrai d'abord était remplie jusqu'au plafond d'objets hétéroclites, de vieux grimoires, d'incunables, d'énormes in-folio, d'atlas célestes, d'animaux empaillés, de flacons et bocaux. À l'évidence, ce n'était pas ici qu'on fabriquait de la drogue.

La deuxième porte était la bonne. Par un couloir étroit, un escalier en colimaçon et un deuxième couloir encore plus étroit, j'ai abouti dans une immense cave voûtée, un véritable repaire de sorcière. Ce que je vis aurait fait bondir de joie n'importe quel alchimiste : des alambics, des creusets, des chaudrons, des pots, des bassines, des substances mystérieuses, des onguents répugnants, des poisons et surtout, des liquides verdâtres qui bouillonnaient dans plusieurs casseroles. Tout cela était censé dégager une pestilence insupportable, or, il n'y avait pas la moindre odeur ! J'ai vite compris pourquoi : un puissant et ultra-moderne système d'aération et de climatisation avec des hottes aspirantes un peu partout était fixé au plafond. Des installations pareilles se trouvent d'habitude dans les laboratoires chimiques pour enlever les gaz toxiques, mais sûrement pas dans une cuisine de sorcière pour supprimer les effluves de ses soupes aux crapauds !

Il m'a suffit de suivre le tuyau de ventilation ayant le plus grand diamètre pour arriver dans le laboratoire proprement dit dont l'entrée se trouvait cachée dans une sorte de réduit rempli d'ustensiles. Je ne suis pas un spécialiste, mais un simple coup d'œil m'a suffi pour comprendre que tout ce qui est nécessaire pour transformer de l'opium en héroïne était rassemblé là, bien propre et prêt à servir. Antoine Decorny ne pouvait pas se plaindre, il travaillait ici dans des conditions optimales !

Le moment était venu d'avoir un entretien sérieux avec ma cliente. Je me suis dépêché de monter, j'ai ouvert la porte que j'avais tout à l'heure fermée à double-tour... Et suis resté comme pétrifié pendant un long moment. Les menottes vides pendouillaient tristement à l'accoudoir et là où tout à l'heure était assise Erna Federlé se tenait un corbeau noir qui me fixait d'un œil glauque. Une odeur âcre de soufre flottait dans la pièce.

Je mis un moment avant de retrouver mes esprits. Et tout à coup je me suis souvenu des deux valises que j'avais vues dans l'entrée en arrivant. Je me suis précipité au rez-de-chaussée : elles avaient disparu. Je claquai la porte en jurant et me rendis à la voiture où m'attendait une deuxième surprise. Bien que les portières aient été verrouillées et les vitres fermées, une feuille de papier était posée sur mon siège : « Pour votre gouverne : moi, je ne prépare que des produits qui servent à guérir les gens et non pas à les rendre malades. » Pardi, le laboratoire était évidemment utilisé par Brugnon et Decorny ! Je commençais aussi à comprendre pourquoi cette vieille sorcière m'avait engagé : elle en avait tout simplement marre que sa cuisine à onguents et à breuvages soit dénaturée de la sorte. De plus, elle voulait aussi débarrasser sa sœur de son monstre de mari. Bref, elle en avait assez de cette situation, mais en même temps elle avait sans doute peur de s'attaquer frontalement à Balthazar et sa bande.

Elle attendait le moment propice et celui-ci est arrivé quand il y a eu l'assassinat de Misowski. Elle a choisi un type capable – ça c'est moi – qui avec son aide discrète allait faire s'effondrer tout l'édifice. J'ai dû reconnaître qu'elle avait bien réussi son coup.

19

La tourmente de neige a encore gagné en intensité. Même sur l'autoroute je ne pouvais pas rouler à plus de vingt kilomètres à l'heure tellement la visibilité était réduite. Partout les lumières étaient allumées, bien qu'on ne soit qu'à deux heures de l'après-midi.

Une fois de retour en ville, je me suis arrêté pour téléphoner à Angelo.

— Tu as fait une belle prise avec ce revolver, me dit-il tout excité, il a effectivement servi à tuer Santelli. Et maintenant écoute bien : cette arme a été achetée il y a dix ans par Balthazar Brugnon ! Cette fois nous le tenons !

— Nous le tenons encore d'une toute autre façon, ai-je répondu en lui racontant brièvement, mais sans donner de nom, ce que j'avais découvert dans la cave de madame Federlé. Je vais encore rapidement manger quelque chose, puis je viendrai chez toi. Aujourd'hui encore on va coffrer tout ce beau monde !

Pendant que je m'enfilais un tournedos Rossini au « Pont des Vosges », j'ai encore une fois tout passé en revue sans cependant éprouver cette intime satisfaction que l'on éprouve quand tous les éléments d'un puzzle s'emboîtent parfaitement. Santelli avait tué Misowski, mais l'avait-il fait à la demande de Brugnon ? Le revolver de celui-ci avait bien servi à abattre Santelli, mais la façon dont on avait arrangé le cadavre ne collait pas avec les méthodes qu'utilisent des professionnels comme Brenner et Gangloff. Et il y avait le meurtre de Suzy Vogelsang, trop subtil pour des brutes comme la bande de Brugnon. Alors, quand même Vondermark ? Mais pourquoi ? En fin de compte, tout tournait autour de la drogue, de cette livraison volée qui n'a pas réapparu jusqu'à aujourd'hui.

Je ne me suis pas attardé au restaurant. Après avoir ouvert la portière de la voiture, j'ai fait un pas de côté pour enlever la neige qui s'était accumulée sur le pare-brise. Ce pas m'a sauvé la vie. J'ai senti la douleur à la fesse droite avant même d'entendre la détonation. Dans ces moments-là, on est gouverné par les réflexes et on s'étonne après coup de la dextérité dont on a fait preuve. Je me suis retourné et jeté par terre. En tombant, j'ai sorti mon pistolet et tiré sur la voiture qui était en train de démarrer de l'autre côté de la rue. Sans succès, car la voiture s'est évanouie dans la tempête.

Je savais que j'avais été touché. Je suis donc resté couché sans bouger avec déjà plein de gens autour de moi. La voiture de police et l'ambulance ont eu de la peine à se frayer un chemin à travers les voitures qui bloquaient l'avenue des Vosges dans les deux sens. Ce n'est que quand le médecin et les infirmiers ont été près de moi que j'ai essayé de bouger mes membres. J'ai alors constaté avec joie que tout fonctionnait encore parfaitement.

— De la chevrotine ! dit un policier en montrant la portière qui ressemblait à une passoire. Mon vieux, vous avez eu un de ces bols. Si la charge vous avait touché de plein fouet vous auriez été transformé en steak haché !

J'ai dit aux flics d'appeler Angelo. J'ai eu de la peine à le rassurer et il ne l'a été pleinement qu'après avoir parlé au médecin. On m'a ensuite conduit aux urgences.

— Vous me rappelez la selle de chevreuil que j'ai mangée dimanche dernier chez ma belle-mère, a dit le chirurgien en m'examinant. Allez, couchez-vous là et essayez d'être courageux.

Le cochon farfouillait avec ses pincettes dans la chair de ma fesse comme si j'étais une portion de risotto !

— Arrêtez de gueuler comme ça, il n'y en a que quatre, dit-il enfin en me montrant les billes qu'il venait d'extraire.

Pendant qu'on désinfectait et pansait les plaies, j'ai réfléchi intensément pour savoir qui avait voulu me trucider d'une façon aussi barbare. J'étais à peu près sûr que ce n'était pas Balthazar Brugnon, car celui-ci et sa bande ne tirent pas sur leurs adversaires avec un fusil de chasse, mais avec une Kalachnikov.

— Voilà, vous pouvez vous rhabiller. Dans quelques jours on n'en parlera plus, chez des gens un peu corpulents comme vous, ce genre de blessures cicatrise très vite.

Je voulais justement me fâcher d'être classé ainsi parmi les obèses, quand me revint subitement à l'esprit qu'il y avait quand-même dans cette histoire un gros comme celui qui avait participé à l'attaque contre Paul Jacob : Todor Balog qui avait jadis fait de la prison à la place de Misowski et que celui-ci entretenait généreusement. Je me rappelais également combien il avait les jetons quand j'avais été chez lui.

Une fois sorti de l'hôpital, je filai avec ma voiture défigurée chez Jean Libs, la petite expédition que je m'apprêtais à entreprendre allait avoir un caractère un peu non-officiel et je ne voulais pas y impliquer Angelo. Jean et Lilli étaient en train de manger.

— Jean, j'ai besoin d'aide, ai-je dit en expliquant brièvement de quoi il s'agissait.

Jean écouta attentivement, termina de manger sa paupiette de veau, rota, se leva et mit son manteau.

— Si je ne suis pas rentré à minuit, a-t-il dit à sa femme en l'embrassant sur le front, tu réveilles Raymond et tu lui dis de faire la deuxième fournée.

— Soyez prudents ! nous a lancé Lilli par la fenêtre quand nous sommes montés dans la voiture.

Il nous a fallu près de trente minutes pour arriver au Neuhof. Je me rappelais exactement où se trouvait l'appartement de Balog. Nous sommes montés sans faire de bruit et sans allumer la lumière. Une fois devant la porte, Jean Libs sortit de sous son manteau la pince Monseigneur que je lui avais demandé d'emmener. Il la glissa dans la fente à côté de la serrure, je comptai jusqu'à trois et nous nous pressions avec nos deux cents kilos contre le fer.

Balog était couché sur un canapé, à moitié recouvert de journaux. Il avait sans doute dormi, mais avec une agilité et une rapidité tout à fait inattendues de la part d'un gros lard pareil, il nous fila entre les doigts. Jean réussit cependant à le rattraper sur le palier et l'assomma avec sa pince Monseigneur.

Jean répara provisoirement la porte pendant que moi je fis un tour rapide dans l'appartement sans trouver autre chose qu'une quantité impressionnante de bouteilles de vin vides.

Balog s'était réveillé. Nous l'avons couché sur le canapé après lui avoir ligoté les mains et les pieds.

— Voilà, mon ami, lui ai-je dit, cette fois-ci tu vas tout me raconter en détails, tu sais, l'attaque sur le garçon boucher chez Vondermark ?

— Je ne sais pas de quoi vous parlez…

Je lui ai foutu plusieurs baffes, mais il ne semblait nullement décidé à se mettre à table.

— Laisse-moi faire, a dit Jean. Je sais comment on procède pour transformer ce gros en véritable moulin à paroles.

Il se rendit dans la chambre à coucher, ramena deux gros manteaux, des couvertures, un édredon, des pulls et même un passe-montagne. Il l'enveloppa soigneusement dans tout cela comme s'il voulait l'expédier au Pôle Nord. Pour terminer, il lui entoura la tête de plusieurs cache-nez en laine, puis, il amena un gros chauffage électrique qu'il plaça à environ un mètre de Balog en faisant fonctionner la soufflerie à la puissance maximum. Il regardait maintenant son œuvre avec satisfaction.

— D'ici une heure il est mûr. Nous, pendant ce temps, on peut aller se rafraîchir.

Non loin de là il y avait un bistrot. Nous y avons bu une bière, puis une deuxième puis une troisième, en devisant de choses et d'autres. De temps en temps, Jean jetait un coup d'œil à la montre.

— Une bonne miche bien croustillante ne doit pas cuire trop vite, a-t-il dit en commandant encore un schnaps.

Quand, après une heure, nous sommes enfin revenus dans l'appartement, nous croyions pénétrer dans un four. Il était d'ailleurs grand temps, car les yeux de Balog sortaient littéralement de son visage aussi rouge qu'une tomate.

— Arrêtez ! supplia-t-il d'une voix étouffée par les laines qu'il avait autour de la tête. Arrêtez, je dirai tout ! De l'eau, de l'eau, vite !

Nous avons éteint le radiateur, ouvert la fenêtre et commencé à enlever les nombreuses pelures qui recouvraient Balog. À mesure que nous avancions, les choses étaient de plus en plus mouillées. Quand il n'avait plus sur lui que ses vêtements, il avait l'air d'avoir sauté tout habillé dans une piscine. Jean lui chercha un verre d'eau. Il en but quelques gorgées, puis s'est versé le reste sur la tête.

— Encore plus d'eau ! ordonna-t-il d'une voix complètement éraillée.

Jean apporta une bassine d'eau glacée dans laquelle Balog trempa la tête et les mains avant de la vider goulûment.

— Bon, maintenant tu vas nous raconter ton histoire, lui ai-je dit quant il eût repris un peu de forces

20

— Misowski, a raconté Balog, m'a proposé il y a environ trois semaines de participer à un « gros coup ». Thaddée était depuis quelques temps en relation avec Santelli. C'est grâce à lui qu'il a su que Brugnon était un dealer qui livrait de la drogue entre autres à un certain Vondermark, lui-même fournisseur des membres de cette secte bizarre dont j'ai oublié le nom. Santelli avait appris qu'une importante quantité d'héroïne devait être livrée à Vondermark. Tous les trois, Misowski, Santelli et moi, nous nous sommes cachés dans la cage d'escalier et quand le livreur est arrivé, nous l'avons tout simplement assommé...

Balog était un être un peu simple qui ne se sentait pas à l'aise dans des situations compliquées. Aussi commençait-il à être quelque peu angoissé quand il a vu Misowski et Santelli sortir du panier un paquet après l'autre. « Il devait bien y en avoir quatre ou cinq kilos », a-t-il estimé. Bien que n'étant pas très fort en calcul mental, il a quand même compris qu'il y avait là sur la table devant eux plusieurs centaines de milliers d'euros. Cette somme le rendait à juste titre inquiet. Il ne pouvait pas imaginer que les gens à qui appartenait cette fortune, allaient y renoncer sans réagir. Et il ne doutait pas un instant que leur réaction allait être des plus brutales.

Misowski et Santelli se sont moqués de lui. « Si tu veux abandonner, libre à toi. » lui ont-ils dit. Il était d'accord et a reçu pour son aide dix mille euros.

— Je suis encore allé avec eux chez Suzy Vogelsang où ils ont déposé provisoirement la drogue. À partir de ce moment, je n'étais plus dans le coup. Une semaine plus tard, Thaddée a été tué. J'ai appelé Suzy, mais elle ignorait ce qui s'était vraiment passé. Elle m'a cependant dit que le même soir Santelli était venu chez elle avec un type et qu'ils avaient emmené la drogue.

— Qui était cet homme ? ai-je demandé.

— Aucune idée, répondit Balog, Suzy ne le connaissait pas non plus... Moi en tout cas, je n'ai pas quitté mon appartement depuis une semaine. Après Misowski, c'est Santelli qui s'est fait bousiller, puis ça a été le tour de Suzy. Il n'y a que moi qui reste et je n'ai pas envie de...

— Tu n'a plus rien à craindre, lui ai-je répondu. D'ici une demi-heure, tu seras confortablement installé dans une cellule et nourri aux frais de l'État !

J'ai appelé Angelo. « Il n'est pas dans la maison », m'a dit Bercant. Je le mis rapidement au courant et il promit de récupérer immédiatement Balog qui, du coup était devenu un témoin précieux.

J'étais d'excellente humeur. S'il n'y avait pas de couille majeure, l'affaire serait définitivement réglée ce soir. Encore vite un petit coup de téléphone à Manni...

— Rien de neuf, a-t-elle dit, sauf que la mère Federlé a appelé tout à l'heure. Je dois te demander si tu as déjà vu un gargotier déverser volontairement le contenu d'un fût de bière dans le caniveau... Est-ce qu'elle est devenue complètement folle ?

— Pas du tout, Manni ! C'est une indication extrêmement précieuse. Écoute-moi bien : essaie maintenant de joindre Angelo par tous les moyens. Dis-lui de venir immédiatement chez Brugnon avec tous les gens disponibles. La danse va commencer !

— Viens, ai-je dit à Jean Libs, il n'y a plus de temps à perdre.

La tempête était encore plus violente que la veille. Il était à peine dix-neuf heures, et pourtant l'autoroute en direction de Vendenheim était quasiment déserte. Des lumières étaient encore allumées dans le bâtiment de Balthazar, mais cela ne me dérangeait pas.

— C'est ici notre but, ai-je dit à Jean.

Nous nous trouvions devant le bar de Valentin. Tout était éteint et à la porte pendait une pancarte « Fermé momentanément ». La pince Monseigneur de Jean entra à nouveau en action et trois minutes après nous étions dans le bar. J'ai allumé la lumière. Sur les tables il y avait plein de verres, la machine à café était branchée et deux bouteilles ouvertes attendaient sur le comptoir. C'était comme si l'on avait fichu les clients à la porte et quitté précipitamment le local.

— Un fût de bière a-t-elle dit, ai-je murmuré dans ma barbe tout en regardant sous le comptoir.

— Les fûts de bière sont généralement stockés à la cave, m'a fait remarquer Jean.

La trappe se trouvait dans un coin derrière le comptoir. Nous sommes descendus dans cette cave au plafond bas et au sol en terre battue, sentant le moisi et la vinasse. Une dizaine de fûts étaient empilés le long d'un mur.

— Devine quel est le bon, a dit Jean.

— Il n'y a qu'un seul moyen de le savoir, ai-je répondu en m'emparant d'une hache.

Nous enfoncions les fonds des fûts les uns après les autres. Jean recueillait généreusement dans le creux de sa main une partie du liquide qui s'en écoulait.

— Arrête, sinon, tu vas être bourré avant qu'on ait trouvé !

Nous pataugions dans la bière jusqu'aux chevilles. Au huitième tonneau, Jean se mit à cracher.

— Si ça, ce n'est pas de l'eau du robinet, je veux être pendu !

J'ai démoli entièrement le fût avec ma hache. Dix paquets enveloppés dans un tissu imperméable, avaient été fixés contre les parois par un système à ressort. J'en ai ouvert un avec beaucoup de précautions.

— Est-ce que tu as déjà vu de l'héroïne pure à cinquante euros le gramme ? ai-je demandé à Jean en la lui fourrant sous le nez.

— Non, a-t-il dit sur un ton admiratif.

— Alors regarde la bien et imprègne-toi de l'idée qu'à cause de cette merde trois personnes ont déjà trouvé la mort !

Nous avons mis les paquets sur une étagère et sommes montés dans l'appartement de Valentin.

L'ameublement était simple, fonctionnel, en un mot ennuyeux. Rien ne traînait, ni dans le petit salon qui avait l'air inhabité, ni dans la chambre à coucher dont le lit étroit et inconfortable était fait au carré, ni dans la cuisine aussi nickel qu'un bloc opératoire. Dans la salle de bains, j'ai enfin trouvé ce que je cherchais : sur un tabouret était posé un peignoir en tissu éponge soigneusement replié, sous le tabouret une paire de pantoufles soigneusement alignées.

— Jean, ai-je dit triomphalement, tu te rappelles la salle de bains de Suzy Vogelsang ?

— Mais je n'y ai jamais été !

— C'est ma foi vrai ! Et bien, quand nous sommes entrés dans la salle de bain de la pauvre Suzy, sa robe de chambre et ses mules étaient pareillement disposées sur un tabouret. Ça m'avait étonné, car Suzy était terriblement pagailleuse et toutes ses affaires traînaient toujours dans un joyeux désordre. Voici l'explication : après avoir tué Suzy, Valentin, en vieux célibataire maniaque, a rangé ses effets comme il avait l'habitude de le faire chez lui !

Nous avons fouillé le reste de l'appartement.

— Regarde ce que j'ai trouvé, dit Jean en extirpant un fusil de chasse de derrière une pile de linge.

J'ouvris les canons : l'un était vide, dans l'autre se trouvait encore une cartouche de chevrotines. Si Valentin avait eu cet après-midi la présence d'esprit d'actionner la deuxième détente, je ne serais pas là maintenant en train de fouiller dans ses affaires...

J'ai regardé ma montre.

— Angelo devrait être ici d'un moment à l'autre, ai-je dit à Jean. Je propose d'aller déjà voir ce qui se passe chez Balthazar.

21

Nous ne sommes pas passés par le bar pour sortir, mais nous avons pris la porte par laquelle on accède directement à l'appartement de Valentin. Dans la cour, la tempête de neige était telle qu'on ne distinguait même pas les bâtiments d'en face.

Nous avons claqué la porte derrière nous, ce qui s'est avéré être une grave erreur, car à peine avions-nous fait quelques pas, que nous avons remarqué trois individus disposés en demi-cercle devant nous et immobiles comme des bonhommes de neige abandonnés dans la tourmente. Soudain, les trois bonhommes de neige se sont mis en mouvement. Ils avançaient lentement vers nous, nous avons reculé lentement jusqu'au mur de la maison. Nous étions pris au piège. Personne n'a dit un mot. Les trois types s'approchaient de plus en plus et nous avons remarqué que chacun tenait une lourde barre de fer.

— Deux contre trois, nous avons une chance, a dit Jean à voix basse.

— Aucune ! ai-je répondu. Avec ces engins ils vont nous péter le crâne avant qu'on puisse en saisir un.

J'étais très soucieux du bon état de mon crâne, mais bien plus encore de celui de Jean. « Soyez prudents », avait dit Lilli et moi, comme un con, j'avais entraîné le père de ses enfants dans une merde pareille. Je savais naturellement pourquoi ces types s'étaient munis de barres de fer. Ils voulaient nous tuer sans alerter les voisins par des coups de feu. Je n'avais, quant à moi, pas ce souci-là, au contraire.

— Jette-toi par terre dès que j'ai tiré, ai-je dit à Jean.

Ils s'approchaient de plus en plus. L'un d'eux n'était plus qu'à cinq mètres et je pouvais voir un ricanement sur sa figure que j'avais follement envie d'effacer. Je sortis mon pistolet, visai son ventre et appuyai sur la détente. Il fut violemment projeté en arrière, mais Jean et moi étions déjà couchés dans la neige avant qu'il ne tombe. Cela était fort nécessaire, car les deux autres ont immédiatement laissé tomber leurs barres et se sont mis à canarder comme s'ils étaient au tir forain. Je répliquai, mais en économisant mes munitions.

— Voilà Angelo ! s'écria Jean à côté de moi.

Les sirènes des voitures de police résonnèrent de tous les cotés et la cour se trouva subitement éclairée par des phares puissants. Le tir adverse s'arrêta immédiatement, mais par prudence Jean et moi sommes restés couchés par terre.

— Que personne ne bouge ! tonna la voix puissante d'Angelo encore amplifiée par le mégaphone. L'abattoir est encerclé, toute résistance est inutile !

La cour fut tout à coup envahie par des dizaines de policiers. Les deux types avaient jeté leurs armes et levaient leurs bras en l'air. Angelo nous aida à nous relever.

— Ah, les deux héros ! dit-il en riant. Pour une fois vous êtes heureux de voir les flics, n'est-ce pas ?

On emmena Gangloff et Decorny. Avec son pied, Angelo retourna le cadavre de Brenner. Il avait un trou au milieu du front et la mine de quelqu'un qui a mangé une soupe trop salée.

— Quel tir magistral ! m'a dit Bercant plein d'admiration. Où avez-vous appris à tirer ainsi ?

Je lui ai laissé ses illusions. Puis j'ai raconté en détails ce qui s'était passé.

— Bercant, a dit Angelo quand j'ai eu terminé, prends une vingtaine de personnes et passe tout l'abattoir au peigne fin, au besoin vous éventrez les chevaux pour être sûr que personne ne s'y cache ! Et n'oublie pas de récupérer la drogue chez Valentin.

Accompagnés de quatre policiers, nous nous sommes mis à la recherche de Balthazar. La fusillade de tout à l'heure aurait dû réveiller des morts et je trouvai étrange que Brugnon ne se soit pas manifesté. Son appartement était vide, ainsi que les bureaux. Personne non plus dans la boucherie. Mais on entendit du bruit derrière une porte. Angelo fit signe aux policiers qui entrèrent en force.

Le spectacle était hallucinant. Balthazar était debout au milieu de la pièce, tremblant de colère comme le dieu de la vengeance dans la Bible. Il tenait à la main un nerf de bœuf qu'il abattait à intervalles réguliers sur un petit tas famélique accroupi à ses pieds. J'eus de la peine à reconnaître Adèle. Ensanglantée, pouvant à peine parler, elle répétait sans cesse face à un crucifix pendu au mur :

— Je suis une sale pute, j'ai trompé mon mari... Je suis une sale pute, j'ai trompé mon mari... Je suis une sale pute, j'ai trompé mon mari...

Elle nous avait remarqués et hésita une seconde.

— Continue, espèce de salope ! hurla Balthazar. J'ai dit pendant dix heures ! Le Valentin, je vais le faire sortir de ton corps de pute !

Le nerf de bœuf s'abattit à nouveau sur le dos d'Adèle. Pour la dernière fois. Car le moment que j'attendais depuis plusieurs jours était enfin arrivé. Je me suis approché de lui et d'un violent coup de boule je lui ai cassé le nez et sans doute aussi, à en juger d'après le craquement sinistre des os, le maxillaire supérieur. Puis j'ai ramassé le nerf de bœuf qu'il avait laissé tomber et lui ai écrasé systématiquement les muscles des bras, des jambes et du dos. Je ne suis pas sadique, mais là j'ai vraiment estimé que la justice devait être immanente et la punition draconienne.

— Arrête, a dit Angelo, il n'est plus si jeune et je ne veux pas avoir un autre cadavre sur les bras !

Balthazar avait l'air d'être passé sous un rouleau compresseur. Son monde avait brusquement cessé d'exister, ce monde où il était le chef incontesté qui pouvait tyranniser et brutaliser les autres.

— Où est Valentin ? lui ai-je demandé

Pendant un instant, la colère a enflammé à nouveau son regard.

— Dieu l'a puni pour son comportement infâme, a-t-il réussi à articuler avant de tomber dans les pommes.

Adèle s'est mise à crier comme une bête blessée. Je lui ai caressé tendrement les cheveux jusqu'à ce qu'elle se calme. Elle sanglotait maintenant en silence et je compris que sa douleur morale était infiniment plus grande que la souffrance physique causée par les coups.

— Où est Valentin ? lui ai-je demandé doucement.

D'un doigt tremblant, elle montra une énorme armoire frigorifique. Angelo et moi nous sommes regardé d'un air atterré. Bercant qui était revenu depuis quelques instants, ouvrit la porte de l'armoire. Valentin Brugnon, bleu et transformé en statue de glace, tomba à notre rencontre. Le froid, puis la mort avaient figé sur son visage un rictus de frayeur absolue. Ses doigts recroquevillés avaient dû griffer en vain l'intérieur de la porte avant de durcir eux aussi sous l'effet des -38° qui régnaient dans cette armoire.

— Quel salaud ! a dit Angelo en donnant un coup de pied dans le ventre de Balthazar. Emmenez-le avant que je ne fasse un malheur !

Deux policiers arrivés, l'air hilare.

— Venez, chef, on a trouvé quelque chose de marrant, ont-ils dit à Angelo. Ils nous ont menés jusqu'à la grande chambre frigorifique qui se trouvait à l'autre bout de l'abattoir. Le froid nous coupa le souffle quand nous avons avancé au milieu des carcasses de chevaux.

— C'est encore loin ? demanda Angelo en soufflant dans ses mains.

— On y est déjà, dit un des policiers en ouvrant une porte cachée derrière des cartons. Dans un petit réduit de deux mètres sur trois était assis un homme. Il portait un épais manteau de fourrure et était enveloppé dans plusieurs couvertures. Un chauffage électrique rayonnait dans sa direction, mais contrairement à Todor Balog, il semblait trouver cela fort agréable. Il était en train de manger un sandwich et entre deux bouchées, il tirait paisiblement sur sa pipe.

— Ce n'est sûrement pas ici que je m'attendais à vous trouver, ai-je dit en le tirant de son fauteuil.

— Qui c'est, celui-là ? demanda Angelo.

— Excuse-moi, j'ai oublié de te présenter monsieur Joseph Vondermark.

22

Nous sommes revenus dans le bâtiment principal. Vondermark nous a suivis avec empressement, toujours la pipe au bec.

— Il fait bon chaud ici, a-t-il dit quand nous avons traversé la cour glaciale. Vous savez, je voulais déjà me rendre à la police, mais Balthazar m'a tout simplement enfermé dans ce trou, je n'ai même pas pu appeler ma femme. Depuis quarante-huit heures il est devenu complètement maboul, Decorny prétend que c'est en liaison avec sa femme et son frère. Si Brugnon n'avait pas perdu la raison, nous aurions tous pu filer il y a trois jours...

Nous sommes passés à côté du cadavre de Brenner déjà recouvert de neige. Vondermark l'a regardé en secouant la tête.

— J'ai l'impression de m'en être finalement bien tiré, a-t-il dit.

— Tu en prendras sûrement pour sept ou huit ans, remarqua Angelo.

— Mais les prisons sont chauffées ! a répondu Vondermark. Et puis, entre nous, ma femme a de bonnes relations... Avec un très bon avocat je m'en tirerai peut-être avec deux, trois ans !

Adèle était couchée sur le corps congelé de Valentin et essayait de le réchauffer avec son haleine. Vondermark fit des yeux ronds en les voyant. J'ai tiré Adèle à l'écart.

— J'ai encore quelques questions à vous poser.

Elle me regarda d'un air las.

— Tout cela n'a plus aucune importance...

— Alors ça servira au moins à le venger, lui, ai-je dit en regardant Valentin. Qu'est-ce-qui s'était passé avec le revolver que je vous avais pris ?

— Cette arme est peut-être à l'origine de tout le drame, a-t-elle répondu d'une vois à peine audible. Il y a environ dix jours, Valentin m'a demandé de subtiliser le revolver de Balthazar et de le lui apporter. J'ai hésité, mais Valentin a dit que Balthazar avait l'intention de s'en servir pour tuer quelqu'un.

— Vous l'avez cru ?

— Naturellement ! Valentin ne m'a jamais menti et il savait ce qui était bon pour nous. J'ai donc pris cette arme et l'ai remise à Valentin. Hier soir, il m'a appelée pour que je vienne le voir. Il m'a rendu le revolver et demandé de le remettre exactement à sa place... Et puis je vous ai rencontré. Valentin est devenu très inquiet quand je lui ai raconté que vous m'aviez pris l'arme, il a dit que cela pouvait être très embarrassant pour nous ou au contraire très favorable, qu'il ne le savait pas encore exactement...

Adèle se remit à sangloter. Je n'avais jamais pensé qu'il pouvait y avoir tellement de larmes dans un corps si ratatiné.

— Et que s'est-il passé aujourd'hui, Adèle ? ai-je demandé en ayant honte de la torturer ainsi.

Son récit était haché par de longs silences.

— De ma fenêtre, j'ai vu rentrer Valentin vers quinze heures... En sortant de la voiture, il semblait hésiter, ne pas savoir que faire, où aller... Je ne l'avais jamais vu ainsi. Je ne pouvais pas le laisser seul dans cet état... Je suis allé chez lui...

Il était content de me voir et m'a dit que notre cauchemar allait bientôt être terminé... Que nous allions quitter toute cette laideur ici et recommencer une nouvelle vie ensemble... J'étais tellement heureuse... Nous sommes tombés dans les bras l'un de l'autre, nous nous sommes pressés très fort... Et... Et puis Balthazar était là tout d'un coup. Il a crié et nous a frappés... Il a dit... Il a dit... Non, c'est pas vrai ce qu'il a dit... Valentin et mois n'avons jamais... Oui, c'est vrai, nous nous aimions... Mais il ne s'était jamais rien passé... Et Balthazar nous a forcés à venir ici... Il a frappé Valentin... Puis, il l'a... Il l'a...

Le cri qu'elle poussa alors n'avait plus rien d'humain. Elle se précipita à nouveau sur le cadavre de Valentin, elle le caressait et le chérissait comme un enfant qu'on veut réveiller d'un sommeil profond.

Nous avons passé les deux heures suivantes dans le bureau d'Angelo. Vondermark se montra très bavard et coopératif.

Les affaires d'héroïne de Balthazar Brugnon marchaient formidablement bien et tous les participants vivaient en parfaite harmonie. C'est alors que Santelli fit la connaissance de Misowski qui le persuada qu'ils pouvaient, à eux deux, tirer beaucoup plus de ce marché juteux. Ils ont donc décidé de s'emparer de la prochaine livraison importante destinée à Vondermark. Misowski, Santelli et Balog ont attaqué Paul Jacob et caché la drogue chez Suzy Vogelsang. Balthazar et Vondermark ont fiévreusement recherché leur trésor volé. Pendant ce temps, les membres de l'Association pour l'Épanouissement de l'Âme Chrétienne commençaient à ressentir désagréablement les effets de l'absence de leur ration quotidienne et la réclamaient auprès de Vondermark, incapable naturellement de les satisfaire. C'est alors que Misowski commit une erreur fatale. Au lieu d'attendre que la tempête se calme, il a proposé aux membres de l'Association de la drogue à un prix très avantageux. Vondermark l'apprit. Il savait que Misowski était lui-même drogué, mais qu'il n'avait jamais jusqu'à présent joué au dealer. D'où tenait-il tout à coup une quantité pareille d'héroïne et justement à un moment où lui, Vondermark, se fasait voler sa livraison ?

Dépassé par les événements, Vondermark informa Balthazar Brugnon qui décida d'agir sans tarder. Brenner, Gangloff et Santelli furent chargés de mener une opération déguisée en attaque à main armée contre l'AEAC, destinée à enlever Misowski. Santelli prit peur. Il se doutait bien que, dûment questionné, Misowski aura vite fait de tout avouer. Pour sauver sa peau, il tua donc Misowski en prétendant qu'il avait voulu s'enfuir.

Balthazar piqua une colère terrible en apprenant la mort de Misowski et ficha une raclée à Santelli en le menaçant de bien pire encore si la drogue n'était pas bientôt retrouvée. Santelli était un type fruste et d'une intelligence limitée. Cette affaire a commencé à devenir trop compliquée pour lui et il s'est mis à paniquer. Il savait que Valentin détestait son frère et il s'est donc confié à lui, espérant trouver un allié. Mal lui en a pris. Quand Valentin a réalisé la somme que représentait cette drogue, il a vu là la chance de sa vie, en quelque sorte, la compensation que le destin lui devait pour l'avoir si mal traité jusqu'à présent.

Santelli et Valentin allèrent récupérer la drogue chez Suzy. Valentin demanda à Adèle de subtiliser le revolver de Balthazar. Après avoir éliminé Santelli avec cette arme, il voulait qu'Adèle la remette à sa place. Il pensait à juste titre que la police allait tôt ou tard soupçonner Balthazar et perquisitionner chez lui. Valentin se débarrassait ainsi à bon compte de son frère, tout en évitant d'être lui-même suspecté.

Il n'y eut qu'un os dans cette histoire et cet os ce fut moi.

J'étais en train de fouiner partout et j'étais à plusieurs reprises chez Suzy. Valentin s'est rappelé qu'elle l'avait vu avec Santelli, et qu'elle constituait donc pour lui un danger potentiel qu'il s'agissait de faire disparaître le plus vite possible. Quand il apprit que j'avais pris le revolver à Adèle, il perdit définitivement les pédales et décida de m'éliminer moi-aussi.

— Un crétin complet, ce Valentin, a dit Angelo. Mais ce genre de types sont les plus dangereux.

— Toute cette famille semble avoir le cafeton fêlé, remarqua Jean. Un boucher chevalin qui fabrique et vend de l'héroïne – où a-t-on déjà vu cela ?

— Je connais des gens qui sont boulangers et qui jouent au détective, a dit Angelo.

— Et moi j'en connais qui ont une grande gueule dont ils ne se servent que pour bouffer ! Cela me rappelle que Lilli m'a chargé de vous inviter tous pour le réveillon de Noël. N'oubliez pas de nous apporter un beau cadeau !

— Un kilo d'héroïne, ça te va ? demanda Angelo.

Après avoir ramené Jean chez lui, je suis allé chez Manni que j'avais prévenue par téléphone. Elle dansait à travers son appartement comme Ginger Rogers dans « Swing Time », un chèque dans la main gauche, une lettre dans la droite.

— Qu'est-ce qui t'arrive ? lui ai-je demandé.

J'ai dû jouer pendant quelques minutes le rôle de Fred Astaire, avant qu'elle n'accepte de me donner la lettre. L'enveloppe portait le tampon de « Roissy aéroport » et l'adresse était écrite à l'encre brune. J'ai lu le texte à voix haute bien que Manni en ait déjà pris connaissance.

« Mon cher Nico (vous permettez que je vous appelle ainsi ?), je voudrais vous remercier infiniment de m'avoir enfin débarrassée de cette vermine. Je vous ai fait confiance et vous ne m'avez pas déçue. Pour éviter des complications avec la police, je préfère m'installer ailleurs pendant quelques temps. Je ferai venir ma sœur Adèle dès que possible.

« Travailler avec vous a été un vrai régal et notre équipe a été d'une efficacité redoutable. Je sens que nous aurions même pu devenir amis, voire davantage, s'il n'y avait pas cette maudite différence d'âge (hi, hi, hi, je plaisante – nous les sorcières ne forniquons qu'avec Satan !).

« Bonne chance, bien à vous et amitiés à la jolie mademoiselle Gastonet.

« Votre Erna Federlé.

« P.S. Ci-joint, en signe de reconnaissance, ce bien modeste chèque. »

— Elle a de l'humour, la vieille, ai-je dit en saisissant la main gauche de Manni. Il est modeste comment, ce chèque ?

Je fis un bon en lisant la somme : cinquante mille euros. Du coup, j'ai accepté de danser moi aussi. Quand nous avons fini d'imiter – ô combien maladroitement – le couple célèbre, je ne pus m'empêcher de dire :

— Mais comment a-t-elle fait ses tours de passe-passe ?

— Il y a peut-être quand même des sorcières, a dit Manni en me poussant vers la chambre à coucher.

Une fois dans le lit, je ressentis subitement, peut-être pour la dernière fois, cette sensation délicieuse dans mon pied droit. Manni la remplaça bientôt par une autre, non moins agréable.

les enquêtes rhénanes

Des romans policiers régionaux de qualité au format de poche

Dans la même collection :

SHERLOCK HOLMES
ET LE MYSTÈRE DU HAUT-KOENIGSBOURG
Jacques Fortier

192 pages • Prix TTC : 10 € • ISBN 978-2-84574-084-6

MEURTRES BIO AU CHÂTEAU
Grégoire Gauchet

336 pages • Prix TTC : 12 € • ISBN 978-2-84574-098-3

LE PAYS DES CENDRES
Pierre Marchant

216 pages • Prix TTC : 9,50 € • ISBN 978-2-84574-105-8

LES AVENTURES ALSACIENNES
DE SHERLOCK HOLMES
Christine Muller

312 pages • Prix TTC : 12 € • ISBN 978-2-84574-112-6

LE VENIN DU MORT
Bernard Fischbach

144 pages • Prix TTC : 9,50 € • ISBN 978-2-84574-113-3

QUINZE JOURS EN ROUGE
Jacques Fortier

192 pages • Prix TTC : 9,50 € • ISBN 978-2-84574-126-3

L'ASSASSIN DES DEUX RIVES
Claude Peitz

264 pages • Prix TTC : 10 € • ISBN 978-2-84574-133-1

Première édition

—

Achevé d'imprimer en septembre 2012
par Présence Graphique à Monts (France)
Dépôt légal 4e T. 2012
ISBN 978-2-84574-135-5

—

Composé en *Arno Pro* par Le Verger Éditeur
Couverture de Vlou – www.vlou.net

Le Verger Éditeur – 67140 Barr – France

—